VICHY

ET SES FONTAINES

POËME

PAR

P-L. HARTVILLE

AUTEUR DE FONTAINEBLEAU ET LES GLOIRES EUROPÉENNES.

PARIS

E. DENTU, LIBRAIRE-ÉDITEUR

GALERIE D'ORLÉANS, 13, PALAIS-ROYAL.

1860

VICHY.

PARIS

Imprimerie de L. Tinterlin et Cᵉ

Rue Neuve-des-Bons-Enfants, 3.

VICHY

ET SES FONTAINES

POËME

PAR

P-L. HARTVILLE

AUTEUR DE FONTAINEBLEAU ET LES GLOIRES EUROPÉENNES.

— ❖❘❖ —

PARIS

E. DENTU, LIBRAIRE-ÉDITEUR

GALERIE D'ORLÉANS, 13, PALAIS-ROYAL.

—

1860

LE GÉNÉRAL TSCHOGLOKOFF,

MARÉCHAL DE NOBLESSE.

Assis, le front pensif, aux rives de l'Allier,
Abrité par le saule et le vert peuplier,
D'où vient que mon regard, ainsi qu'en un mirage,
De la belle Newa croit revoir le rivage ?
C'est que de tel objet dont nous avons un jour
Ressenti l'impression vive autant que profonde,
Le puissant souvenir en notre esprit se fonde,
Et comme sur l'airain s'y grave sans retour.
Général ! en portant mes regards vers l'aurore,
C'est ton noble palais que je revois encore;
Et j'y crois savourer ce tranquille bonheur
Offert à l'hôte heureux de ton toit protecteur.
Du brillant Potemkin aimable résidence !
Dont le fleuve amoureux vient caresser le pied,

1

Quel royal souvenir de gloire, de puissance,
A ton nom désormais se voit associé !
Dans sa visite un jour Catherine la Grande,
 En accédant à la faveur
 Que son favori lui demande,
N'a-t-elle pas grandi, décuplé ta valeur !
Ostrasky! beau palais, demeure enchanteresse.
Asile de la paix, bosquets mystérieux
Où les petits oiseaux viennent cacher leurs feux,
Aux sept îles fleuries où règne l'allégresse,
Dont les nombreux échos résonnent tour à tour
Des chants de la patrie et de ceux de l'amour;
Séjour prédestiné! terre à jamais chérie,
Palais, dont le parfum du suave oranger
A l'hospitalité donnée à l'étranger,
 Ajoute encore une grâce infinie !
Oui, qui vous a connus vous conserve en son cœur.
Et toi, toi, Koltouchy, noble séjour de gloire,
Où le fils des héros reposa sa valeur,
Garde de sa visite une heureuse mémoire,
Sois fier d'avoir un jour abrité l'Empereur?

Voyez ces deux élans prompts comme la lumière,
Laissant à peine empreint sur la poussière
 L'étroit vestige de leurs pas.
 Audacieux. au sommet des frimas
Ils s'élancent d'un bond, redoutant son adresse ;
Mais, vains efforts! le plomb, arrêtant leur vitesse,

Les atteint dans leur course, et le coup répété
Ajoute un nouveau lustre à son habileté.
De même, qui n'a vu sa balle meurtrière
A dix pas frapper l'ours sortant de sa tanière.
Du nom de tes aïeux, noble et digne héritier,
En partageant ces jeux où ton courage altier
Va rechercher l'oubli du fardeau de ta gloire,
Tu veux, jeune Empereur, et qui n'aime à le croire,
Un jour, par tes vertus et tes exploits divers,
Mériter de fixer les yeux de l'univers.

La foudre des combats ébranlait l'atmosphère
Et l'écho des forêts la répétait au loin ;
Des files de guerriers roulaient dans la poussière ;
Alexandre premier, du désastre témoin,
Auprès du roi de Prusse, au fort du feu s'élance,
Et lui voulant des siens attester la vaillance :
— Sire, à vous ces canons! ils vous sont destinés;
Tu l'entends, Tschoglokoff! quand je les ai donnés,
A toi, revient, ami, la gloire de les prendre.
— Eh bien! je ne veux pas, Sire, les faire attendre,
Ou votre Tschoglokoff alors ne sera plus,
Ou dans une heure, auprès de vous rendus,
Ces bronzes feront foi de son obéissance.
    Noble parole, admirable éloquence !
    Digne en tout des antiques jours
Dont s'honore le prince, et qui sera toujours
Pour le guerrier, le gage heureux de la victoire.

A défaut de canons, si beau titre à la gloire,
   Fils de héros, je ne puis vous offrir
Que des sources; c'est peu, mais Dieu les a bénies
   Et par sa main en ces lieux réunies;
Elles ont la vertu d'empêcher de souffrir.
Lorsque sous votre nom, ma hardiesse s'abrite
    En s'essayant à les chanter,
Si je puis contribuer à les accréditer,
    Vous en aurez tout le mérite....

P.-L. HARTVILLE.

VICHY.

LES GAULES.

Muse de la patrie inspire mes accents !
Et vous nymphes des eaux, des riantes collines,
Au pied baigné de fleurs, aux gracieux versants,
Montrez-moi les trésors de vos fraîches piscines;
Je dirai leurs vertus, leurs effets bienfaisants.
Je ne t'oublierai pas, orgueil de ces vallées,
Fils indompté des monts, Allier, où les Gaulois
  Lavaient leurs haches maculées,
Où les vaillants, depuis, vinrent plus d'une fois
  Tremper le fer de leur lance acérée.

1.

Ah ! sur tes bords charmants, l'hirondelle des mers,
Dans ses goûts voyageurs, un instant égarée,
En regagnant des cieux inconnus aux hivers,
Pourra bien de tes eaux emporter la mémoire,
Mais non jamais leur source inhérente à ta gloire !

Oui, je veux te chanter, berceau de nos aïeux,
Et, fier de vos exploits, dire votre vaillance,
Antiques Eduens, Avernes courageux,
Invincibles Gaulois de qui l'indépendance,
A l'or du corrupteur toujours sut résister.
Ferrea gens, ainsi que César vous appelle,
Que le fer, en effet, ne put jamais dompter,
Et qui, si des combats la fortune infidèle
    Venait parfois à vous trahir,
Gardant vos rangs, saviez toujours mourir,
    La main encor crispée
    Sur la garde de votre épée,
  Justifiant ces mots de votre bouclier :
  Rompre plutôt que de jamais ployer.
J'aspire à raviver votre noble auréole,
A peindre, heureux vainqueur, Brennus au Capitole,
Et quand les nations tombaient de toute part
Vercingétorix seul, luttant contre César.
    Mânes chéris de nos ancêtres,
Vous dont la liberté fut le dernier amour,
Dormez dans vos tombeaux ; redevenus vos maîtres,
    Vous vous réveillerez un jour !...

LE BOURBONNAIS.

Les Romains sont vaincus; la Gaule triomphante est sans maître; le Franc se repose à l'ombre de sa gloire.

En ces plaines fleuries où l'Allier promène ses ondes transparentes, une cour d'élite, rivalisant avec celle de France, répand autour d'elle la richesse et le bonheur. C'est celle des sires de Bourbon, le berceau de nos rois.

Muse de la gloire! prête-moi tes brillants accords pour célébrer dignement leurs hauts faits, leur valeur, leur génie, leur bonté.

Palais, basiliques, tours, remparts crénelés, vos splendeurs disent assez la vertu de vos maîtres. Et vous, heureux habitants de ces domaines, vous pouvez dire qu'alors que la féodalité rivait les hommes à ses chaînes, vous étiez libres et heureux sous les douces lois de vos princes; que, par eux, la France se plaça à la tête de la civilisation, et que, par la vaillance de leur bras, le territoire fut délivré de l'orgueilleux étranger qui le foulait.

Louis Iᵉʳ, dit le Grand (à cœur vaillant rien d'impossible). Montférant, à Verteuil, reconnut sa vaillance, et ne se consola de sa défaite qu'en pensant à l'honneur d'avoir croisé sa lance avec un si digne adversaire.

Louis II, dit le Bon, qui, sur son lit de mort, exprimait si noblement ses regrets : « Je remercie Dieu de tout cœur de ce qu'il m'a prêté vie pour combattre l'ennemi de mon roi. J'ai tout fait pour sa gloire, et mon seul regret, c'est de mourir avant que de l'avoir consolidée. »

Pierre Iᵉʳ, lion dans les batailles, faisant flotter devant lui son étendard où se lisaient ces mots : Bourbons en avant ! tout pour Dieu, tout pour la France ; et sur son écu d'or : Espérance. Vaincre ou mourir était aussi sa devise. Poitiers fut son tombeau.

Archambaud VIII, prince d'un courage héroïque, d'un génie éclatant.

Quels sont ces chevaliers au corps bardé de fer,
Qu'avec l'or et l'azur, la pourpre symbolise?

Un soleil rayonnant dont leur sein est couvert
En collier suspendu présente la devise :
Allen, allen, vieux mot voulant dire en gaulois :
Tout; oui, tout pour leur Dieu, tout pour leur roi leur maître,
Ce sont ceux de Bourbon, à défaut de la voix,
Au plus fort du combat, qui, pour mieux se connaître,
Comme aujourd'hui, l'avaient adoptée autrefois;
Car c'était, voyez-vous, jadis avec l'épée
Que la France écrivait sa brillante épopée.

Charles Ier le Juste ; Jean II, dit le Bon ; Bed-
fort et Talbot ont connu sa valeur. Puis Charles III
d'héroïque mémoire. Vainqueur à Marignan en
mille combats, il fut maître de tous, excepté de
lui-même.

La veille de la bataille de ce nom, il avait eu
un songe, songe qu'il répéta souvent depuis, et
qui fit rêver Charles-Quint.

Un arbre gigantesque couvrait tout l'univers
de son ombre ; ses racines profondes, son immense feuillage, s'étendaient de Paris à Lima, de
Madrid à Québec. Le Tage, le Rhône, le Gange
ne roulaient leurs ondes que par sa volonté.

L'Europe, l'Asie, l'Afrique et l'Amérique vi-
vaient sous ses lois ou lui payaient redevance.

La mer n'avait qu'un maître, et la terre, comme elle, était aux Bourbons. Tout à coup un sombre nuage obscurcit la lumière du soleil, le monde tremble épouvanté ; les trônes maculés de sang, les autels renversés roulent dans la poussière. L'arbre fut même en partie brisé. Réveillé en sursaut par les clairons sonnant la charge, il ne lui fut pas donné de connaître le dénouement de cette terrible vision.

BATAILLE DE MARIGNAN.

Au camp suisse, déjà la trompette guerrière
Appelait au combat ceux de Berne et d'Ury.
Les vainqueurs de Granson avaient fait leur prière.
    Comme mot d'ordre ils avaient pris pour cri :
        De l'or, du sang et de la gloire !
La noblesse de France, ainsi qu'on peut le croire,
Était impatiente, et là, comme toujours,
En acclamations d'allégresse, d'amours,
Accueillait des clairons les fanfares bruyantes.
Bourbon par son génie et Valois par son bras,
Dans leurs soins vigilants, leurs mesures savantes,
Méditaient le succès, veillaient sur nos soldats.

Pour surprendre le camp, les Suisses en silence,
S'avançaient, enfonçant d'abord les lansquenets,
    Dont la paye était en souffrance;
(On comprend aisément qu'ils n'étaient pas Français.)
L'orgueil prématuré du gain de la journée,
A tel point les avait enivrés, qu'à Milan
Une hymne en leur honneur fut au temple entonnée;
Mais ils comptaient en ce combat sanglant
Sans Bourbon qui (François le mandait à sa mère)
A huit mille des leurs fit mordre la poussière.
On combattit encor pendant trois jours entiers;
Vrais combats de géants, où nos preux chevaliers,
A ces présomptueux enfants de l'Helvétie,
Firent trouver, au lieu de l'or qu'ils espéraient,
    Le fer pour leur ôter la vie,
La tombe pour couvrir les corps qu'ils y laissaient.
Les trompes d'Appenzel, de Zurich et de Coire,
Pour rallier leurs gens, avaient fait maint effort;
    De Fribourg seul, les Hermaliers, encor,
Voulurent aux vainqueurs disputer la victoire;
Mais tout fut inutile, et les clairons français,
De la bataille, enfin, sonnèrent le succès.
Et de plus de vingt mille, on dit qu'en la patrie,
Quatre mille Helvétiens à peine ont pu rentrer;
Mais par contre combien des héros de la France,
En cette lutte, hélas! perdirent l'existence!
Et dont les noms ici viennent se rencontrer.
Vous, vaillant La Palisse, impétueux Chabanne,

Digne d'un meilleur sort, intrépide d'Albon !
Vous, la fleur de nos preux valeureux Barbentane !
Et vous, Philippe, Henri tous deux de sang bourbon.
La Trémouille, couvert de blessures sans nombre ;
Charles, de ses chevaux, blessés à mort sous lui,
Presque écrasé ; Valois, que la mort avait fui,
Et qui, couvert de sang, de lauriers, sous leur ombre,
Veut, des mains de Bayard, être fait chevalier.
A côté de vingt mille enfants de l'Helvétie,
Trois mille de nos preux avaient perdu la vie,
Glorieux d'un trépas noble à faire envier.
Marignan—toujours moi—fut dès lors la devise
    De ce grand héros bourbonnais.
Le temps, qui détruit tout, permet pourtant qu'on lise
Sur la maison du pauvre, ainsi qu'en son palais,
Ces mots, dont le pays a gardé souvenance :
Bourbon et Marignan !—Dieu protége la France !

Et Dieu, la couvre encor de sa protection ;
Car, grâces au secours de sa vaillante armée,
A servir le bon droit toujours accoutumée,
L'Italie, aujourd'hui, doit sa libération.

VICHY.

Au milieu de vallons, de sentiers embaumés,
parmi les saules, les noyers, les hauts et verts

peupliers, entre Paris et Lyon, au pied des montagnes du Forez et de l'Auvergne, s'élève Vichy, petite ville singulièrement favorisée du ciel et de la terre ; car, de tout temps, elle brilla d'une splendeur sans égale. L'*Aquæ Caldæ* des Romains abrita dans ses murs bien des généraux, des consuls, des proconsuls, des matrones, etc. Frappez du pied les quartiers de Moustiers, de Villejuif, de Ballore, et les vieux débris de sa gloire antique vont jaillir à la surface. Statues mutilées, chapiteaux, vases sacrés, haches des vieux Gaulois, épées brisées des Romains, tout dans ces tombeaux dort du sommeil de la mort.

Pourquoi ce mélange d'armes indiquant un rapprochement de races? C'est que la douceur du climat, la beauté du pays et les vives Gauloises, avaient bien vite fait oublier aux Latins charmés leur première patrie. Le sang romain s'était mêlé au sang gaulois, et, d'orgueilleux vainqueurs, ils étaient devenus sujets francs.

Je ne vous décrirai pas, combats du moyen âge, manoirs habités par de preux chevaliers et de belles châtelaines attirant les regards sur leurs blanches haquenées, escortées de leurs gen-

2

tils pages, de leurs varlets amoureux. Je ne vous évoquerai pas non plus, pieux cénobites à l'âme bienfaisante, défrichant le sol, soulageant la misère, consolateurs de l'infortuné et dépositaires de la science. Non, vos souvenirs sont trop grands, trop rapprochés de nous pour ne pas parler à nos yeux.

Châteaux forts aux vieilles tourelles, imposants et sombres monastères, basiliques à hautes colonnettes, dont les vitraux flamboyants embrasent le saint lieu des feux de leurs riches couleurs, qu'ai-je besoin de signaler vos merveilles! Ce n'est pas vous dont je veux chanter la gloire; c'est le Vichy de nos jours qui m'inspire, et dont je veux célébrer les succès bienfaisants.

A vous qui présidez aux sources de Vichy,
Qui m'avez inspiré mes premiers vers, ici,
 A vous, Vierge sainte et bénie
 Ma gratitude les dédie,

PUITS CHOMEL.

Voici la source Chomel, jadis adossée à la maison du roi, et dont le nom rappelle celui d'un

docteur qui préféra toujours le succès à l'argent.
Heureux temps, et surtout heureux malades !

Par l'efficacité de tes divines eaux
Puits Chomel ! bien souvent la pâle hémoptysie
    A senti soulager ses maux.
Longtemps même, je crois, la princesse Marie
A ton usage a dû de prolonger sa vie.

SOURCE DES DAMES.

Près de ces hauts peupliers au feuillage toujours agité, à dix pas du Sichon, sous cette pierre qui jadis reposa tant de nobles grandeurs, voyez-vous couler cette eau gazo-ferrugineuse ? C'est la source des Dames, que l'administration, depuis peu, a conduite à Vichy.

Source des Dames, votre nom
Réveille en mon esprit la douce souvenance
De deux rares beautés, au cœur à l'unisson ;
Adélaïde et Victoire de France.
Votre eau ferrugineuse, au sang trop appauvri
Rend la virilité, le feu de la jeunesse.
Quand la pâle chlorose à vos vertus s'adresse,

C'est qu'elle a vu son mal, par vous, toujours guéri.
Trop fréquemment en proie à la mélancolie,
Aux accès persistants de la noire vapeur,
Le sexe est, grâce à vous, exempt d'adynamie,
Et les filles d'Albion vous doivent leur fraîcheur.

GRAND'GRILLE.

La société est ici nombreuse, cosmopolite et surtout choisie. Quel est ce personnage à la longue tunique, en tissu de cachemire brodé, c'est un prince asiatique, le fameux Mirza-Kan, Persan de cœur et d'esprit, depuis longtemps civilisé. Il a le pancréas et la rate malades, et vient demander à cette divinité bienfaisante le rétablissement de sa santé, altérée par l'abus de l'eau-de-vie importée d'Angleterre. Il ne parle pas d'avoir trop fumé. Ecoutez-le se plaindre : j'ai commencé, dit-il, par en boire deux doigts, puis quatre, toujours arrosée de jus de citrons et d'eau chaude ; bientôt, chaque jour, tout un bol y a passé. Maudit abus ! fatal résultat ! Ils appellent ce breuvage eau-de-vie de France ! Ils devraient plutôt le nommer eau de mort ou du diable. Quoi qu'il en soit, au lieu d'être à Ispahan, me voici à la Grand'Grille.

Grand'Grille, de tes eaux le succès est immense!
Sans nous la mesurer, un Dieu nous la dispense.
Le matin, prise à jeun, on dirait d'un bouillon
Qui stimule l'esprit, assainit la raison.
Baume réparateur! à la nuit agitée
Que du dieu du sommeil les paisibles pavots
    N'ont que rarement visitée,
Toi seul fais succéder le calme et le repos.
Par toi, plus de jaunisse ou d'obstruction tenace,
En moins de quinze jours qui ne cède la place,
Le triste lymphatique y reprend sa gaîté;
Pour son froid estomac, non, le soir, en famille,
Il n'est pas, je l'affirme, un plus savoureux thé.
Que ne te doit-on pas! toi par qui la santé
Comme un tendre carmin au front du sexe brille!
Sois bénite! à l'organe en nos corps affecté,
O Grand'Grille! c'est toi qui rends la liberté!

SOURCE DU PARC OU DE BROSSON.

Ce kiosque embelli par le plus frais ombrage
Est la source du Parc ou celle de Brosson;

Et Vichy, selon moi, devait bien rendre hommage
Aux vertus de l'auteur, en lui donnant son nom.

Les eaux en sont parfaites ; mais comme les
belles, la nymphe est capricieuse. Pour les maladies de la peau, du sang et de quelques souvenirs, elle est sans rivale au monde !

FONTAINE DE L'HOPITAL.

Vêtues de gris et de blanc, deux Hébés, la
louche à la main, du matin au soir remplissent
les verres qui sont aussitôt vidés par une société
d'élite. La soutane y frôle la mantille légère, le
capuchon de bure, le voile de dentelle ; le poëte
y coudoie l'innocence ; la superbe opulence,
l'humble médiocrité, et tous y viennent dans un
but commun, à la recherche de la santé.

Duchesse de Mouchy ! soyez-ici bénie !
C'est à vous que Vichy doit ces divines eaux.
Ah ! la reconnaissance est de tous les fardeaux
Le plus lourd pour le cœur un jour qui l'a sentie.
Aussi de sa vertu, nul instant démentie

J'aime à constater les bienfaits.

L'homme épuisé par de nombreux excès

Renaît, et l'estomac brisé de longues veilles

A bientôt retrouvé son élasticité.

Que par elles, j'ai vu s'accomplir de merveilles !

Gastrite, hémorrhagie et poumon affecté,

Fausses digestions, rate gonflée et dure,

Motivent un succès que leur pouvoir assure.

SOURCE LUCAS.

Cette source, abritée sous un petit chalet, donne une eau tiède, sulfureuse, gazo-ferrugineuse, d'un effet certain contre les irritations de la peau et du sang.

La gentille Antoinette vous y servira, et, soyez-en sûr, vous en serez satisfait.

PUITS-CARRÉ ET SOURCE DES ACACIAS

M. Prin est maître en ces lieux, et son emploi n'est pas une sinécure. Comme il doit se multiplier pour répondre à deux mille baigneurs par jour, et plaire à chacun! et cependant tous sont satisfaits. Il faut bien l'avouer, il est impossible de faire mieux les choses.

Puits-Carré, par tes bains que Bénarès envie!
Source des Acacias où l'on puise la vie;
Vous procurez au corps la force et la santé;
Et grâces à vos eaux, à leur suavité,
On peut voir, à Vichy, qu'en en faisant usage,
Les naissances aux morts sont à son avantage,

SOURCE DES CÉLESTINS OU DES BONS VIVANTS.

Près des bords de l'Allier, au pied de noirs rochers surmontés des ruines d'un pieux monastère, voyez-vous ces deux sources pétillantes et gazeuses; ce sont celles des Célestins. L'une, antique, répand depuis des siècles ses bienfaisantes eaux; l'autre, née d'hier, embellie par Le Faure, s'est déjà rendue chère à la localité. Approchons; sous ce temple gréco-romain où la foule, en respirant la brise des montagnes, aspire la santé, se trouve la grotte, agreste séjour de cette divinité bienfaisante.

Oui, c'est là que le ciel aux humains favorable
Leur offre de ses eaux la fraîcheur délectable.
L'affreuse maladie a-t-elle de leurs jours,
Menacé d'abréger ou de trancher le cours ;
On boit, on est guéri ; c'est à crier merveille.
Le viveur, le gourmand, l'amateur de la treille
Et celui, croyez-le, de mainte chose encor,
Se remettent sur pieds en buvant à plein bord.

Avec l'or, on l'a dit, tout hélas! n'est pas rose ;
C est aussi par ses eaux que le riche goutteux
Voit de ses os gonflés se fondre l'ankylose ;
Le diabète sucré, triste métamorphose,
S'y guérit en buvant ; et plus d'un graveleux
Y laisse ses *calculs* et partant sa souffrance.
Dont il n'a plus dès lors à compter la fréquence.

Qui dirait que ces visages aujourd'hui si frais,
si heureux de bien-être, sont ceux de magistrats,
de financiers, de guerriers naguère souffrants,
venus des quatre parties du monde puiser à ces
sources la force et la santé, en y buvant l'espérance. Ah ! c'est qu'ici-bas chacun a son lot ;
si nos mères ont mangé du fruit vert, les enfants
s'en ressentent. Si le pauvre a sa misère, le riche a
ses douleurs ; et Dieu, tout en nous laissant notre

libre arbitre, nous a donné, dans sa bonté, le re-
mède aux maux que nous avons encourus.

Coulez en paix ! sources bénites !
Présents que nous ont faits les cieux,
De nos douleurs tenez-nous quittes,
Rendez-nous la santé, ce bien si précieux !
Mais l'or, non, jamais l'or de la reconnaissance
N'acquittera le prix de votre bienfaisance.

Et vous qui aspirez à en jouir, adressez-vous
aux nombreux ministres de ces divinités ; con-
sultez-les, ils vous guideront vers ces eaux
salutaires ; ayez confiance en eux, vous serez
satisfaits.

SOURCE LARBAUD.

Elle descend des vignes d'Abrest, et, soit dit
en passant, elle vaut mieux que le vin de son
coteau. Cette source est la mère-nourrice de ce
sucre fameux qui valut à l'auteur un brevet d'in-
vention confirmé depuis à la Cour de Riom. Être
le premier en tout, c'est le point important. Sans

être médecin ni inspecteur des eaux, il a su les
utiliser, laissons-lui en donc le mérite.

> Sexe charmant, visant au mariage,
> Jeune fille accourez; c'est en ces lieux bénits
> Que vous recueillerez les roses du bel âge
> Dont l'éclat, on le sait, attire les maris.

SOURCE LARDY.

Traversons ces prés où le taureau mugit auprès de ses compagnes, où l'Allier coule depuis
tant de siècles sous l'ombre des saules et des peupliers. Montons au parc, il y a toujours bonne
compagnie.

> Cette vasque, à Volvic, en un seul bloc taillée,
> Rejette de ses flancs, en torrents écumeux,
> La précieuse santé, trésor du malheureux.
> Longtemps la sensitive, en elle repliée,
> Heureuse, en y plongeant, se retrempe au bonheur;
> Ce beau lis dont la tête inclinait sur sa tige,
> Cette rose déjà qui perdait son prestige,
> Te doivent leur beauté, leur première fraîcheur.
> Ainsi de tes vertus tout redit l'étendue.

Dans ce kiosque charmant qui s'offre à notre vue
Sanctuaire chéri, de bonheur, de plaisir,
Par ces douleurs, parfois, que le ciel nous envoie,
Combien de cœurs atteints ont retrouvé la joie !
Et que de teints flétris se sont vus refleurir !
C'est qu'au sexe, en effet, je ne saurais le taire,
Le gaz si pétillant de cette eau salutaire
Prise à jeun, le matin en bonne quantité,
Rend en très-peu de temps la force et la santé.

C'est dans ces lieux élevés que se trouvait l'antique abbaye des Célestins. Les prêtres du Seigneur y chantaient ses louanges, et leur toit était toujours ouvert aux malheureux : quel admirable panorama ! des châteaux, des forêts, de riches moissons ; l'Allier déployant à nos pieds la fraîcheur de ses eaux, et au dernier plan les montagnes d'Auvergne se perdant dans l'espace. Je ne m'étonne pas que le bon duc Louis, d'immortelle mémoire, y désirât finir ses jours.

C'est à toi, bonne vierge Marie, que nous sommes redevables de ces eaux enivrantes surgissant à chaque pas dans ces vallées embaumées rafraîchies par les brises du Sichon. Qui donc, un jour, inspiré par la reconnaissance, élèvera à ta gloire

un monument digne de toi dans ces lieux où fut
jadis ton temple !

Que la bonté divine est précieuse, immense !
De ces eaux que sa main nous verse en abondance,
Chacune a sa valeur, et jamais, en effet,
La douleur vainement n'en invoqua l'effet.
Dans ce groupe amoureux dont l'instinct nous évite,
(Le mystère aux amants a su plaire toujours)
J'aperçois plus d'un sein qui d'émotion palpite
En effeuillant du doigt la blanche marguerite,
Pour consulter l'oracle infaillible en amours.
De ces bénignes eaux, un pareil badinage
Me semble être un effet bien naturel surtout.
Voyons ! *Je t'aime un peu, beaucoup...* oh doux présage !
Car, en amour, un peu n'eût rien été du tout...
Que de propos galants, sous ces épais ombrages !
Que de plans de bonheur par le temps avortés !
Que de serments d'amour, de prochains mariages,
Sur l'aile de Zéphire aussitôt emportés !

Voilà, Vichy et ses belles fontaines. Je me
résume :

Avez-vous la jaunisse, mal au foie, à la rate ;
êtes-vous resserré ? Croyez-moi, buvez à la Grand'-
Grille.

Souffrez-vous de calculs, de la pierre, de la

3

gravelle, de la goutte, du diabète? Buvez aux Célestins.

Avez-vous l'estomac délabré, paresseux? Buvez à l'hôpital.

Votre sang appauvri, échauffé, a-t-il affaibli votre constitution? Buvez à Lardy ou à la fontaine des Dames.

Ces conseils sont le résumé de dix ans d'expérience, et quant à mon médecin à Vichy, je n'en ai pas d'autre que les eaux.

Un mot de reconnaissance ici à l'excellente sœur Sophie, cet ange de bonté, de savoir et de dévouement, dont les soins, à mon avis, valent tous les médecins, et, je le sais, si ces messieurs aiment les maladies, la bonne sœur aime les malades.

CUSSET.

Sur les rives du Sichon, aux méandres charmants, à l'ombre de ces hauts peupliers, suivons cette belle avenue que Mesdames de France fréquentèrent souvent et à laquelle elles ont laissé

leur nom. C'est l'heure de la promenade, et
croyez-moi

De ces nombreux ânons, de ces troupes d'ânesses,
Montés de lionceaux et de jeunes tigresses
Qui s'en vont en riant tous visiter Cusset,
Cusset, le vieux manoir, garni de ses fossés.
Laissons la caravane avancer la première.
Il ne fait pas trop bon d'avaler la poussière
Que soulève, en roulant, le landau si coquet,
Les pesants omnibus, la légère calèche :
Ces gens ont l'air pressé, qu'ils en prennent leur part;
Pour nous, humbles piétons, tenons-nous à l'écart.
Et pour se promener faut-il qu'on se dépêche!
Nous avons tout le temps de juger de ses eaux
Et de ses bains qui n'ont que deux petits défauts :
De se trouver trop près ou trop loin de la ville.
Mais quand ils en seraient distants de plus d'un mille
Il faut les aller voir, ils ont leurs souvenirs ;
Et comme à la campagne on en a les loisirs,
Visitons son marché ; là, nous serons bien aises
D'y voir le samedi ses belles Bourbonnaises
Au chapeau si coquet, son cours Napoléon,
Et celui de Tracy, dont l'opaque feuillage
Offre à ses buveurs d'eaux un bienfaisant ombrage;
Puis son énorme tour transformée en prison,
Son parc, ses bains, ses eaux gazo-ferrugineuses
Dont les cures toujours ont été merveilleuses,

Et place forte, enfin, au temps de Charles sept,
Mais qui, pour la Trémouille, était, s'il faut l en croire,
Trop faible encor. Aujourd'hui, ce Cusset,
De ses fastes royaux nous a transmis l'histoire;
Là, d'un père offensé, jadis, à deux genoux,
Il fallut que Louis onze apaisât le courroux.
Le fait est avéré; personne ne l'ignore,
Car, de l'expiation, la trace existe encore.
Beau pays dont on aime à se ressouvenir!
Véritable bouquet perdu dans la verdure,
Sans cesse rafraîchi d'une onde fraîche et pure.
Cusset, heureux Cusset, pense à ton avenir;
Qu'une noble ambition en ton sein se réveille!
Comme fait ton voisin, offre à tous la merveille
De tes eaux, vrai trésor que Dieu t'a réparti,
Et du soulagement qu'il aura ressenti
     Au mal cruel qui le dévore,
L'étranger, sois-en sûr, viendra jouir encore.

ÉTABLISSEMENT DE SAINTE-MARIE ET SES SOURCES.

Honneur au sieur Bertrand, dont la ferme volonté a fait sortir du néant l'établissement ther-
mal de Sainte-Marie, qui, d'un premier bond,
s'est placé en tête des thermes les plus célèbres.

Vous qui voulez connaître les vertus de ces sources, écoutez le rapport du sieur O'Henry, de l'Académie de médecine :

« L'eau de Cusset surpasse l'eau de Vichy, puisqu'au lieu de 6–5, elle porte 7–5 de principes minéralisateurs.

« Les eaux de Sainte-Marie et d'Élisabeth (Bertrand), doivent donc avoir la préférence sur celles de Vichy pour l'emploi fait loin de leur source. » (Professeur Trousseau.)

Le sieur Bouquet, de l'école des mines, constate que l'eau de la source Élisabeth (Bertrand), conserve tous ses principes après le transport.

Quant à la source Sainte-Marie, de toutes celles de France, d'Angleterre et d'Allemagne, c'est la plus parfaite en son genre.

SOURCE SAINTE-MARIE.

Pour le guerrier, le prêtre et le célibataire
Cette source est vraiment d'un effet salutaire ;
Le jeune adolescent, la vierge du Seigneur,
Y puisent chaque jour l'heureux calme du cœur.

3.

SOURCE ÉLISABETH (BERTRAND).

Par elle, le goutteux moribond renaît à l'espoir ; le diabétique y étanche sa soif en buvant ; le graveleux y laisse ses souffrances ; le néphrétique ses douleurs de reins, et depuis qu'ils en boivent, ils ont perdu le souvenir de leurs maux.

SOURCE TRACY.

Eau de Cusset-Vichy, elle en a les qualités.

SOURCE SAINT-SATURNIN.

Prise en bains, à Paris, elle ferait des merveilles.

Ces beaux arbres qui bordent le Sichon, sont ceux du parc, nouvelle création du sieur Bertrand ; pénétrons sous leur ombrage. Si l'eau est rare à Vichy, ici elle abonde ; le Sichon l'enlace de toute part, en répandant sous ce ciel de feu une fraîcheur délectable sous la douce influence du printemps ; la violette des bois embaumait l'atmosphère ; l'églantine sauvage enguirlandait ses rives; les oiseaux faisaient leurs nids, tout respirait la joie et l'allégresse.

Ce palais italien, entouré de verdure, d'eau fraîche et limpide, est l'hôtel des Thermes de Sainte-Marie. Rien n'y manque ; beauté, confort, il est digne d'un roi. Un parc sans égal l'environne, chalets, bosquets, fleurs odorantes, où l'abeille puise son nectar pour ses longs jours d'hiver ; prairies embaumées où la jeune bergère fait paître ses agneaux, des bains, des eaux gazeuses inappréciables. Que peut-on désirer de plus ! Ah ! loin de moi, bruits étourdissants, joies trompeuses des villes ; à vos fêtes mondaines, je préfère cent fois les rives du Sichon, où règne l'innocence et la paix. Mais, hélas ! un jour n'est pas loin où, comme à Vichy, tu seras débordé. Sera-ce un avantage ? Quoi qu'il en soit, il n'est point pour le moment d'endroits plus délicieux que tes jardins en fleurs, tes ondes fugitives, ton parc mystérieux rempli d'oiseaux, d'amour et de fraîcheur.

Lorsque cent trente sources minérales répandent des torrents de bienfaits, comment se fait-il qu'il existe des fabriques d'eaux artificielles si

nuisibles à la santé! Messieurs les docteurs de
Paris pourraient nous en donner le motif.   •

Mais, pour le moment, revenons à Vichy, et
visitons son parc.

PROMENADE AU PARC DE VICHY.

Voyez-vous cet édifice aux nombreuses arca-
des? C'est le séjour chéri de Thalie et d'Apollon :
le palais de Strauss.

En attendant vos bains, le salon vous appelle;
A tous il est ouvert; vous pouvez en jouir.
Etes-vous amateur de chronique nouvelle ?
Cent journaux quotidiens vous la viennent offrir.
Et vous qui, de la Bourse et de la politique,
Pour vos rentes, craignez quelque revirement;
Dans ces comptes rendus, à la cote authentique,
Vous allez aussitôt vous tenir au courant.
Oh! que d'occupations! comment y satisfaire!
Vous avez chaque jour tant de choses à faire !
D'abord, il vous faut boire, de là vous promener;
La chose est toute simple et me semble fort claire;
Et je comprends très-bien, qu'en des loisirs si doux,
Vous ne puissiez avoir une minute à vous;

Car à Vichy, toujours, le temps passe si.vite,
Pour le buveur qui vient de loin y prendre gîte!
A cet emploi, pourtant, dérogeons aujourd'hui.
Quand le soleil est vif, moi toujours je le fuis.
Nous avons devant nous la matinée entière,
Et l'heure du repas est.loin; auparavant.
Descendons à ce parc que, d'un tas de poussière,
Un décret d'Austerlitz fit sortir tout vivant.
Nous y voilà rendus; oh! comme avec délices,
Des douceurs du printemps, on goûte les prémices!
Et qu'on aspire, heureux, sous ses arbres touffus,
Cet air tout imprégné des cent parfums diffus
Du tilleul, du cytise et de la rose encore;
Je ne dis pas la rose, ici, par métaphore,
Car cette fleur abonde en la localité,
Et le parfum des fleurs, c'est presque la santé.

Regardez au fond de cette allée obscure ce groupe de guerriers, tous frères en gloire, en valeur, rassemblés loin du bruit de la foule. C'est Totleben, Lyons, Raglan, Schramm, Narvaës, Canrobert, Reggio, l'honneur de la France; Vaillant, à la vertu antique; Golovnine, dévoué à son prince l'amiral Constantin; Gortschakoff, le général Tolstoï, prince Koutousoff de Smolensk.

Petit-fils du héros qui sauva la Russie,
Héritier de son nom, de sa gloire infinie,
Qui, sur les champs de Mars, toujours avec honneur,
Pour servir son pays, fit briller sa valeur.

Dans ce groupe, sont réunis divers amiraux français et étrangers : Tréhouard, Pellion, Labanoff, le colonel Boyer, le brave Lebaudy arrivant d'Afrique, le député Jubinal, le général de Cicey,

Puis Nicolas Orloff, au grand et noble cœur,
Fils de guerrier lui-même et filleul d'Empereur.
Accablé par le nombre et couvert de blessures,
Et du champ de bataille, enfin, resté vainqueur,
On le vit s'écrier comme un autre Lescures :
Épargnez le blessé, qu'on sauve le mourant !
C'est Orloff qui le veut, c'est Orloff qui l'ordonne.
De cette humanité dont l'éclat rayonnant
Semble au-dessus de l'homme élever sa personne
Les vaincus, les vainqueurs, se sentent attendris.
Et tous, les yeux en pleurs, par d'unanimes cris,
Pour immortaliser cette action sublime,
Le proclament, dès lors, Orloff le Magnanime.
Beau titre, par l'histoire, en nos jours mentionné,
Et que la voix du peuple a déjà sanctionné.
Mais j'aperçois plus loin un autre personnage

Domptant d'une main ferme un coursier ombrageux ;
C'est le vaillant Henri, par son mâle courage,
Bien digne de porter le nom de ses aïeux.
Une distinction que la naissance donne
S'unit à la bonté qui sur ses traits rayonne.
En Asie, à vingt ans, fier du nom de Français,
Il osait défier le Numide et l'Anglais,
Et quant à l'Ottoman, je crois que de sa gloire
Il gardera longtemps la fatale mémoire;
De même que Roland, au plus fort du combat,
On le vit s'élancer aussi prompt que la foudre.
Sans jamais que le nombre un instant l'arrêtât,
Il comptait l'ennemi, mais couché dans la poudre.
Or, écoutez ce que l'empereur Nicolas
Lui dit un jour, le pressant dans ses bras ;
Tout ébloui de tant de renommée,
Sous les antiques murs de son vieux Kremlin :
    « Ce n'est qu'au front de mon armée
« Que je dois recevoir un Larochejaquelein,
Noble et grande expression qui tous deux les honore!
Si dans les champs de Mars, du couchant à l'aurore,
Son invincible épée a jeté des éclats ,
S'il a par sa parole illuminé la France,
Nous qui le connaissons, ne nous étonnons pas,
Par ces deux talismans qu'il soit une puissance.

Tournons les yeux de ce côté, d'autres groupes appellent aussi nos regards.

Sous ce massif de fleurs, presque caché par elles,
Je vois Fiorentino qui, dans son goût exquis
Et son esprit français, compose ses nouvelles,
Charmant tous les matins les loisirs de Paris.
Tout près de lui, ce sont les dieux de l'harmonie;
Meyerbeer, Halévy, Auber et Rossini,
Ce volcan dont le feu ne s'est point amorti;
Qui des récents travaux de leur brillant génie
Viennent se reposer au fond de ce bosquet.
Plus loin, Gudin, Yvon, Dumas, Flandrin, Vernet;
Là, ce peintre au front pâle, au noir regard fébrile,
Où l'art se réfléchit, c'est notre Benouville
Dont l'œuvre, du talent porte le vrai cachet,
Puis, je te vois Lays, sous le poids de tes roses,
Courbé, rêvant sans doute à des succès nouveaux,
Car aux bords du Sichon, bien que tu te reposes,
Tu me sembles encor occupé de travaux.

Ici c'est un essaim de femmes ravissantes :
Emma Gaggiotti, dont les touches savantes,
Le dessin si correct, la suave couleur,
Du moderne salon ont déjà fait l'honneur;
Les ladies Robert Peel, Schafsbury, Crèvecœur,
Lamartine, Humbolt, Thiers, Guizot, de Barantes.
Là, Paul d'Yvoi, Ponsard et Pitre-Chevalier,
Et, causant avec eux, l'historien Balleydier.
Ainsi, l'esprit, les arts, le talent, la science,
Les grâces, la beauté, tout près de la vaillance,

Accourent tous les ans, pleins d'espoir, à l'envi,
Savourer les bienfaits des nymphes de Vichy.

MONTAGNE VERTE.

Le temps est superbe, les vergers embaumés
remplissent l'air de senteurs enivrantes. Voulez-
vous aujourd'hui aller à la campagne ? — La
campagne, à Vichy ! le mot est charmant, vo-
lontiers. — Nous irons aussi visiter Randan, Ma-
levau et Lardoisière. — Non, il est trop tard ;
allons à la montagne Verte ; montagne bien nom-
mée, car le pampre des vignes la couvre tout
entière. Traversons le Sichon, et arrêtons-nous
un moment à contempler cette bergère qui vient
y faire boire son troupeau. Idylle charmante !
scène d'innocence et de bonheur ! Quelle vue enchanteresse ! Vichy, enchâssé entre les rives du
Sichon et de l'Allier, est à vos pieds ; près de là,
Cusset et sa vieille tour pleine de mystères. Tour-
nez les yeux du côté d'Orléans ; vous voyez ces
tours perdues dans l'espace, ce sont celles de la
basilique de Bourges, dont les vitraux et les or-

nementations sont sans rivaux au monde. Ah !
si vous m'en croyez, vous visiterez Bourges, ce
chef-d'œuvre de sculpture, gloire de la France.

C'est de ce point brillant que sont partis nos pères ;
Brennus les conduisait ; leurs phalanges guerrières
A Rome, à l'Italie, imposèrent leurs lois,
Et l'or put seul à peine arrêter leurs exploits.

Traversons cette allée que je ne vois jamais
sans regrets , sans douleurs ; sur ce banc de
pierre, l'orpheline du Temple , la dauphine de
France, se reposa souvent. Regardez bien , vous
y retrouverez la trace de ses pas. Quant à ses
bienfaits, ils sont gravés dans tous les cœurs.
Entre ces deux chalets se trouve la source Perce-
pied-Maisonneuve.

En effet, ici près, sa source et son musée
    Vont bientôt s'offrir à nos yeux ;
A l'une, nous boirons: chose non moins aisée;
De l'autre, nous verrons les objets curieux.
Vous serez étonné de son intelligence ;
Car des camées exquis de Rome et de Florence
Les siens ont dépassé le fini, la valeur.
Combien de spécimen, à ce que l'on m'assure,

De chefs-d'œuvre en cet art dont il est promoteur,
Qui peuvent à bon droit vraiment lui faire honneur.
Mais il est très-modeste, et je le crois sans peine.
Voyez ce nid d'oiseaux où la tendresse enchaîne
La mère à ses petits ; ils sont là pour toujours,
Que ne peut-on fixer de même les amours !
Cet écureuil croquant cette fraîche noisette,
Ce chardon, ces raisins pétrifiés, sont vivants.
Puis, admirez aussi cette belle cassette,
Présent royal aux contours élégants,
A Catherine offert par la riche Florence
Et que relève encor le blason de la France,
Où le saphir, l'onyx, l'agate, le rubis,
L'émeraude, l'opale et le précieux lapis
Sont gravés en camée avec tant de patience.
Que ce trésor, par son intelligence,
Dans l'univers bientôt va se voir répandu,
Mais en fac-simile, ceci bien entendu.

FONTAINE INTERMITTENTE.

En suivant les rives de l'Allier, dirigeons nos
pas au pied de ce coteau, traversons les ponts ;
entendez-vous au milieu des blés gronder et
bouillonner ces eaux gazo-sulfuro-ferrugineuses?

C'est la fontaine intermittente qui, du sein de la terre, fait jaillir tous les trois quarts d'heure son tribut d'abondance.

Pour la phlogose et tension de la fibre,
Érisypèle, épiderme irrité ,
Son effet est magique, et sa propriété
Calme aussitôt les nerfs, rétablit l'équilibre
Indispensable à la santé.

RANDAN.

Si vous m'en croyez, nous irons demain à Randan. Antoine nous conduira : c'est de tous les cochers le plus complaisant.

En avant donc, et fouette, cocher !
Aux Célestins, le coup de l'étrier,
Autant à Saint-Yorre, puis plus loin, et j'espère
Que nous serons menés avec célérité ;
Mais par bonheur qu'ici, rien qu'à frapper la terre,
L'eau gazeuse surgit, et moi je la préfère
Au vin trop dur de la localité.

Nous voici sur la route de Nîmes , roulant au

milieu de vallons enchanteurs. Ce ne sont que vergers, riches pâturages à perte de vue, puis l'Allier qui se déroule à nos pieds en long ruban d'argent.

Voici Abrest, son château jadis fort, sa vieille église et ses tristes maisons.

Saint-Yorre et ses sources glacées. Arrêtons-nous un moment. Quelle vue enchanteresse ! la forêt de Randan, châteaux, fermes, villas noyées au milieu des bois et des prairies. L'air des montagnes et le parfum des fleurs y répandent des torrents de santé. On compte en faire la maison de campagne des buveurs de Vichy. L'endroit est bien choisi ; c'est une idée heureuse, car Vichy, en juillet, c'est presque Paris en été ; et la campagne est si belle ici ! Quant aux eaux, ce sont les mêmes. Cette nouvelle création est charmante. Descendons au parterre, trois sources minérales enrichissent ces lieux ; et quelles eaux ! les plus froides du bassin de Vichy.

Le gaz pétillant, la force, la fraîcheur, l'agrément, la santé, Saint-Yorre, voilà tes avantages.

Sources de Hauterive, Saint-Yorre, Cusset, Vichy, vous êtes de ces lieux les seuls, les vrais trésors! tes sources, Saint-Yorre, sont un bienfait des cieux.

> Grâces à tes vertus, la timide jeunesse
> Éprouve l'aiguillon de la témérité,
> Et se rajeunissant, la précoce vieillesse
> A secoué l'ennui de la stérilité.

Cette eau mise en bouteille, comme le bordeaux, s'améliore en voyageant. Avis aux amateurs.

Bourbon-Busset, ses vieilles tourelles, sa chapelle gothique, son escalier d'honneur, sa salle d'armes, le pavillon de l'horloge, sa haute tour de Riom, le salon de famille où les Bourbons de France, d'Espagne et du Bourbonnais brillent en effigie de tout leur éclat : Morande de Vichy, dame de Busset, aussi noble que belle, aussi riche que bonne ; Marie de Berry, Chabannes le Lion, Agnès de Bourgogne, Marguerite d'Alègre, Béatrix d'Albon, Catherine d'Egmond y figurent aussi ; voire même le jeune évêque de Liége, les princes Charles et Gaspard de Bourbon, dignes de leurs ancêtres, dignes de leurs grands noms.

Accordons une larme à la jeune comtesse
Si belle et bonne en même temps !
Quand son cœur, d'un époux méritait la tendresse,
Mourir, hélas ! en son printemps !
Mais ses douces vertus, sa noble bienfaisance,
A jamais, sont un titre à la reconnaissance.

Ce pont à deux tours au milieu des peupliers,
est le pont de Riz.

Regardez dans cette eau limpide,
Vous y verrez encor le saumon attardé,
Et l'alose amaigrie et la truite timide,
Cherchant pour se sauver le courant débordé.

Nous voici à Maumont, rendez-vous de chasse
des ducs d'Orléans, autrefois commanderie des
Templiers,

Si, sous ces portes en ogives,
On voyait apparaître un de leurs chevaliers,
Pour peu qu'on fît appel à l'imaginative,
On se croirait encor dans les siècles derniers.

Cette résidence royale, où le bonheur longtemps s'abrita, est Randan ; Mme Adélaïde, sœur
du roi des Français, l'habita. Sa bienfaisance en-
richit le pays et l'abondance fit disparaître la

misère. Saluons en passant la maison du Seigneur, enrichie par les libéralités du roi Louis-
Philippe. Ce portrait du Sauveur, si suave, si
beau, est un présent impérial. On retrouve toujours Napoléon III partout où il y a du bien à
faire. Ces deux lions, posés sur les pilastres de la
porte à grille dorée, nous indiquent l'entrée du
château.

Une famille alors et puissante et prospère,
Heureuse, dans ces lieux, devait s'y maintenir;
Mais soudain est venu l'ouragan populaire
Et tout fut emporté, tout, moins le souvenir.

Voici la chambre du roi, son lit dur lui rappe-
lait les jours difficiles de sa jeunesse. Sa ver-
tueuse épouse, la reine Amélie, lui rendit heureux
ceux de son âge mûr. Ici sont les chambres des
belles princesses, celles de d'Orléans, de Ne-
mours, de Montpensier, le cabinet où Joinville
venait se reposer du branle-bas des combats. Mais
quittons ces lieux, leur souvenir m'attriste. Visitons ses jardins, son parc enchanteur. Je préfère
entendre le doux ramage des oiseaux, et j'aime
que la brise m'apporte du bonheur. Traversons

le hameau, nous aurons devant les yeux le plus
beau point de vue du monde que les cochers se
garderont bien de vous faire admirer.

Tschoglokoff, certain jour, se reposant ici,
D'y bâtir un palais conçut la fantaisie.
Les légions de Rome y campèrent aussi,
Et voulurent dès lors y rester pour la vie.
Ce pic dont un glacier argente le sommet,
Et qui cache son pied dans la fleur qui l'embaume,
    C'est le Moncel, le géant du Forez.
    Devant vous, c'est le Puy-de-Dôme;
Derrière, c'est Clermont et son volcan éteint,
Ses gothiques clochers, sa vieille cathédrale;
Puis, brillant de beauté, de grandeur sans égale,
Apparaît le Mont-Dore à l'horizon lointain,
Et le camp de César commandant la Limagne.
Forêts, ruisseaux charmants qui baignez la campagne,
Monts au sommet glacé, nobles et vieux châteaux!
Celui qui contempla vos magiques tableaux,
Leur touchante beauté, leur grandeur infinie,
Sans regrets, désormais, peut quitter cette vie.
Que peut-on comparer à des objets si beaux!
    J'ai vu la Suisse et les Alpes neigeuses,
Son Righi se perdant dans l'éther d'un ciel bleu;
Le haut pic du Midi, le Canigoux en feu,
Le Montanvert, ses teintes vaporeuses;

Les glaciers éternels du sommet du Mont-Blanc :
Au soleil africain, l'Atlas étincelant ;
Blidah, ses orangers, les villas d'Italie,
Les pagodes de l'Inde, et l'heureuse Arabie,
Et, je le dis tout haut et la main sur le cœur,
Non, je n'ai jamais vu rien de plus enchanteur
Que ces lieux pleins d'attraits, où la mère-patrie
Dans les cœurs étrangers facilement s'oublie.
Brises de nos forêts, gardez votre fraîcheur !
Dans votre air qu'il aspire, en vos eaux qu'il vient boire,
Que le fils du Gaulois se retrempe au bonheur,
Et s'abreuve à longs traits de liberté, de gloire!

Au galop, au galop ! traversons la forêt de
Randan, ses vieilles voies romaines, ses bruyères
embaumées et ses pruniers sauvages. Le bal
Strauss sera brillant ce soir, et je veux encore
que le père Jérôme me verse une rasade aux Célestins.

BAL STRAUSS.

A la brise du soir soufflant dans la vallée,
Si notre âme est rêveuse et se sent isolée,
Là, Strauss, par son archet, ses accords merveilleux,

Tout vivants, va bientôt vous transporter aux cieux.
Il commence; écoutons! quelle valse enivrante!
Comme ce rhythme heureux vous séduit, vous enchante
    Entendez-vous ce gracieux refrain ?
  Des vastes mers, c'est sa gente hirondelle
Qui nous vient ramener le printemps sur son aile,
Et sa Zanitella, vive et pleine d'entrain ;
Puis sa fleur d'amandier, perle du ciel tombée,
  C'est maintenant sa violette des bois ,
    Toute gracieuse et parfumée,
Et qui séduit le cœur et l'oreille à la fois.
Ces chants délicieux sont autant de merveilles
Que sa main fait jaillir en vives étincelles :
  Aussi, voyez comme des amateurs
S'empare tout à coup sa verve enchanteresse !
Cette belle Irlandaise, en ses molles langueurs,
  S'abandonnant avec ivresse
Aux bras de l'officier de hussards qui la presse ;
La valse l'étourdit, et dans ce tourbillon
Où la tête se perd, belle fille d'Albion
Tu sembles te donner... sans qu'en rien tu t'engages.
Celle que vous voyez recevant les hommages
D'un air modeste et doux, d'ardents adorateurs,
Et dont le front si pur est couronné de fleurs,
Est la belle Augusta, dont sa fille Florence
Offre à tous les regards l'aimable ressemblance ;
Cette jeune Moldave assise à son côté,
Belle et noble comme elle, est la vive Octavie ;

Brillante de bonheur, de grâces, de gaîté,
Qui, rêvant aux destins de sa chère patrie,
Paraît en présager la prochaine grandeur;
Car le sang du Roumain, si je ne fais erreur,
Et celui du Gaulois, ont la même origine;
Comme la Lombardie, à ce que j'imagine,
Puisa le sien aussi chez ces mêmes Gaulois;
Ce sang n'est pas éteint, un jour, comme autrefois,
(Et de ce jour bientôt nous salûrons l'aurore),
J'en ai le ferme espoir, il doit briller encore
Pour le bonheur de tous, pour son propre bonheur.
La comtesse près d'elle, aux yeux pleins de douceur,
Nous vient du Portugal, d'Elvas, c'est une fleur.
Dans ce groupe voisin de danseuses charmantes,
Voyez cette Andalouse aux grâces enivrantes,
C'est la femme d'un lord; elle lui fait honneur.
Cette rose d'York, l'est d'un ambassadeur.
De cet autre côté, cette belle Française,
Au regard enchanteur, est duchesse en son droit,
Et cette séduisante et brune Milanaise,
A mis par sa beauté tout Venise en émoi;
Dédaignant d'être aimée, elle veut qu'on l'adore.
La Fenice en parla, la Scale en parle encore.
Si cette Américaine annonce la fierté,
C'est qu'à défaut d'aïeux, elle a la liberté.
Cette autre au doux regard, timide sensitive,
    Nous arrive de Bénarès,
Où le Gange sacré roule, au pied des palais,

. Son onde blonde et fugitive.
Cette femme au port noble, à l'air de dignité,
Qui semble d'une reine offrir la majesté,
        C'est la belle et bonne Amélie ;
Les cœurs lui sont soumis, la France est sa patrie,
Et l'âme à son aspect est soudain attendrie.
Auprès d'elle admirez son jeune fils Léon,   .
        Ce tendre fruit de Moscovie,
        Qui, de sa froide région,
Rapporte un œil de feu, de douceur infinie.
A ses côtés, voyez cette enfant du désert,
    La belle et touchante Algérienne,
Aux longs cheveux de jais; plus loin la Circassienne
Au sein demi-voilé, mais au front tout couvert
Des diamants de Golconde et des roses de France ;
Puis l'Albanaise ; enfin, la fille de Byzance.
En promenant ainsi vos regards enchantés
Sur ce brillant essaim d'étrangères beautés,
Vous le voyez, ici, sans quitter la rotonde,
On peut, en un instant, faire le tour du monde.

Les femmes, les fleurs, la musique, tout est fait
ici pour charmer, et, quant à la politique, voici
mon opinion à Vichy : de l'eau, de l'eau, de l'eau,
des bains froids, de la bonne musique.

    Heureux effets de ce savant régime,
Qu'entre tous, à bon droit, on peut dire sublime !

5

Le morose goutteux y reprend sa gaîté ;
Le poëte, à son tour, qui sentait sa santé,
De jour en jour, s'en aller affaiblie,
En entrant dans ton bal, se rattache à la vie.
Par l'indicible attrait que tu lui sais offrir,
    De la blessure qui l'oppresse,
Grâce à toi, le guerrier commence à moins souffrir ;
Et jusqu'à cette fleur qui se sentait flétrir,
Va renaître bientôt, brillante de jeunesse.
O pouvoir tout-puissant, de ton divin archet !
Fiorentino l'a dit, pour beaucoup, en effet,
Oui, tu comptes, ô Strauss, dans ce précieux bien-être.
Et si Vichy (Dieu l'en garde), un matin,
Se réveillait sans toi, son premier médecin,
Son plus piquant attrait pourrait bien disparaître.

Mais ne quittons pas ces lieux magiques sans
avoir admiré tout ce qu'ils renferment. Nourr
dans le sérail, j'en connais les détours, et je puis
vous guider au milieu de ces fêtes.

Entrons dans ces salons, où tous ces amateurs
De cartons différents de noms et de couleurs,
Déjà sont attablés pour le whist britannique,
Et rions entre nous de cet air flegmatique
Dont les joueurs cherchent avec avidité
La chance de tourner le roi de l'écarté ;

Et si vers les échecs votre goût vous entraîne,
Voyez ! ces chefs d'ivoire et ces soldats d'ébène
Attendent votre main pour marcher au combat.
Attention, pourtant, car d'un échec et mat
L'ennemi pourrait bien chercher à vous surprendre;
Mais au piége caché que son art veut vous tendre,
Guerrier prudent, gardez de vous laisser aller;
Roquez, et près du roi vous hâtant d'assembler,
Reine, fou, cavalier et les sujets fidèles,
Montrez-lui que du jeu vous savez les ficelles.

EFFIAT.

Les postillons sont prêts, nous allons à Effiat,
et ce matin, sans Claudius, j'en réponds, nous
serons tous poudrés comme il faut. Vous vien-
drez, car je me suis engagé pour vous. La comtesse Octavie est de la partie. Le prince Mirza-
Riza doit y venir aussi ; la course sera charmante.
Des bois, des vignes, quelques ruines aux noms
fameux ; puis, la belle et riche Limagne, véritable lac doré , aux moissons ondulantes.

Ces tourelles, au loin, dont la pointe domine
Les beaux arbres du parc et ceux du bois entier,

Sont du château d'Effiat, et le large sentier
Planté de marronniers, embaumé d'aubépine,
Va bientôt nous conduire à la porte d'honneur.
C'est d'un style imposant, et la salle où les gardes
Me semblent apparaître avec leurs hallebardes,
    M'offre, dans toute leur fraîcheur,
    Ces tentures à haute lice
Que de nos jours encor le Gobelin nous tisse.
L'on y peut admirer les plafonds, les panneaux
Que des Bouchers du temps animent les pinceaux.
Ce meuble de velours qu'on y retrouve encore,
Qu'une crépine d'or et de perles décore,
C'est le lit où longtemps dormit le maréchal ;
De précieux souvenirs où l'amour et la chasse
Tiennent, on le conçoit, la principale place.
Voilà des d'Effiat le manoir féodal.

C'est là que l'heureux page d'Henri IV abrita
sa valeur ; c'est de là que, nommé à l'ambassade
d'Angleterre, il partit pour négocier le mariage
de Henriette de France et de Charles Ier. Gouver-
neur, pour Louis XIII, du duché de Bourbon,
riche d'honneurs, de richesses, il voulut pour lui
seul détourner l'Allier ; nommer ses fils, c'est en
écrire l'histoire. Cinq-Mars décapité, d'Effiat
accusé d'avoir empoisonné Madame de France,

et l'abbé d'Effiat, dont le nom est venu grossir la
chronique scandaleuse. *Indè iræ...* Le jardin de
Le Nôtre, aujourd'hui labouré, le bassin octogone
comblé et l'immense parc détruit. Du favori du
roi, voilà ce qui nous reste : ruines et tristes
souvenirs.

LA SÉPULTURE.

Reposons-nous sous ce berceau de fleurs.
Une foule compacte encombre le parterre;
Pour aujourd'hui le parc a seul l'art de me plaire,
Et je m'y sens heureux plus que partout ailleurs.
Mille groupes charmants l'embellissent encore,
Êtes-vous altéré? Moi, la soif me dévore !
Voulez-vous une glace, un anana? — Merci,
Laissez-moi respirer! on est si bien ici...

Un roulement lugubre de tambours voilés fit
résonner le bosquet. C'était le convoi d'un vieux
soldat d'Afrique, chevalier de la Légion d'honneur. La plupart de ceux qui l'accompagnent à
sa dernière demeure, avaient été ses frères d'armes. On y voyait aussi des princes étrangers, des

diplomates, des personnes de tout rang, de toute condition. Le prince Gaspard de Bourbon était au premier rang, le chevalier Le Mire, le maréchal Vaillant, le général Tolstoï, prince de Smolensk, le brave capitaine Brune, des médecins, des artistes, des rentiers, etc. Que ce mélange de noms ne vous étonne pas !

Car ce n'est qu'à Vichy que la fraternité
Règne entre tous les rangs, s'étend sur chaque classe;
La mort a son niveau comme l'égalité,
Et devant le trépas, toute grandeur s'efface.

Quel pieux recueillement parmi cette foule de buveurs qui allait se grossissant toujours ! et dans le nombre desquels je reconnus le maréchal Canrobert, Baraguey-d'Hilliers, l'abbé Doussot, rêvant un établissement pour les pauvres prêtres du Seigneur ; le général Hall, le brillant colonel des Life-guards de la reine d'Angleterre, l'illustre et savant comte Tolstoï. La plus exquise convenance régnait dans les rangs. Chacun des malades assistants se disait : Peut-être mon tour viendra-t-il demain ! Voilà pourquoi à Vichy les convois mortuaires sont si tristes, si grands, si simples, si touchants.

Sur un banc de pierre, à l'ombre des charmilles, un groupe causait. Je distinguai sans peine le général Grammont, prenant, comme toujours, la défense des pauvres animaux. Près de lui, le chevalier Laury (1) avait la parole. Voici, si j'ai bonne mémoire, ce qu'il disait : L'homme créé par Dieu se doit à son créateur; il doit aussi obéir à sa conscience. C'est la loi éternelle. Le germe du bien est en nous en naissant. Suivons-le, il ne trompe jamais. Aimez votre prochain, aimez aussi les animaux, ornements de la nature. Rendons-leur la vie douce; nous pouvons en user, n'en abusons jamais !

Ah! pauvres animaux, vous valez mieux que nous!
La force, la douceur, la bonté, la patience,
Ce sont là vos vertus; et nous, en récompense,
Nous ne vous en payons qu'en vous chargeant de coups !
Heureux ! vous ignorez la fourbe, le mensonge.
Lorsque l'envie et nous mord et nous ronge,

(1) Sa biographie se résume en trois mots : abnégation, courage, dévoûment.

Jamais son ver cruel ne s'approche de vous.
Quand vous avez le droit de haïr tous les hommes,
Vous ne leur refusez jamais votre concours.
Aussi nous forcez-vous, tout ingrats que nous sommes,
A vous plaindre souvent, à vous aimer tonjours.

BILLY.

M. Prin est charmant, il m'a changé mon
heure de bains. Je pourrai donc profiter maintenant de mes matinées. Aujourd'hui il fait beau,
nous irons à Billy. Antoine est déjà prêt. Quel
délicieux pays! Des eaux comme il en coulait au
Paradis terrestre; des fleurs sauvages dont le
parfum remplit vos poumons de santé, de bonheur; puis, la gentille Bourbonnaise au costume
si coquet, se mêlant aussi de la partie pour le
plaisir de tous. La belle Poisson, maîtresse de
Louis XV, s'en était aussi fait faire un. Le roi,
dit-on, la trouva si jolie ainsi, qu'en récompense
de ce haut fait, il la fit marquise de Pompadour.

A toutes ces grandeurs, à tant de petitesse,
Je préfère cent fois la naïve simplesse

De la fille des champs, sans anneaux, sans collier,
Comme on en voit encore aux rives de l'Allier.

Nous sommes à Billy ; nous n'en pouvons douter. L'*Angelus* sonne, les femmes du pays élèvent
leurs prières au ciel. Quel tableau touchant ! La
femme est si belle quand elle prie !

J'ignore le nom de ce mauvais plaisant qui ,
dans sa verve méchante, s'est complu à dire en
patois, en prose, en vers :

« C'est à Billy, en Billynois,
    « Que, pour première fois,
  « Femmes sont mères à cinq mois. »

Triste plaisanterie! Soyez-en sûr, c'est quelque évincé du pays qui l'aura faite pour se
venger.

Pour mon compte déjà, dix fois, pendant ma vie,
Voyageur impartial, j'ai visité Billy,
Et dans ces lieux charmants où je fus accueilli
    Chaque fois avec courtoisie,
J'ai vu des souvenirs noblement conservés,
De plaisirs innocents et de grandeur immense.
Plus d'un sage axiome et plus d'une sentence
S'y trouvent sur les murs profondément gravés :

« Malheur à ceux qui, pour vivre en liesse,
    « Abandonnent la loi de Dieu ! »
Et puis ces autres vers, tout près du même lieu :
    « Que sert à l'homme acquérir la richesse
« Et perdre l'âme. » Enfin, on y lit en retour :
« Le Seigneur est mon fort, ma plus solide tour. »

Toutes ces devises incrustées dans la pierre, visibles au cœur comme aux yeux, ont traversé toutes les révolutions :

Billy, jamais arrière, est l'antique devise,
Qui, sur tes murs, se voit encore incise.

Ce haut donjon, ces tourelles mystérieuses, cette chapelle gothique, cette salle des gardes, ce salon des seigneurs, ces tombeaux, ces cachots, ces sombres oubliettes, ces murs en ruines, laisseront toujours dans mon cœur des souvenirs de gloire et de piété.

UNE JOURNÉE A VICHY.

Monsieur est-il visible? Cinq heures ont sonné...
Guittard a déjà fait sa tournée.—Voici des lettres

de Paris. — Claudius est là pour vous raser. —
Et M. Jules César désire vous dire un mot. —
Faites entrer Claudius. Quant à M. Jules César,
je passerai chez lui. Remettez-lui ces Cooper, je
préfère les Scott; dites-lui de me préparer des
Dumas.

Pays fort singulier où les noms et les eaux,
Bien loin d'avoir subi les changements de mots
Que vingt siècles entiers sur notre globe opèrent,
Sont les mêmes encor ! Et les gens qui rêvèrent
Les noms romains, y retrouvent Claudius ,
Marius, Jules César, Auguste, Octave, Antoine.
Bien que l'habit, dit-on, ne fasse pas le moine,
Pour être plus Romains, ils sont à la Titus.

Mais parmi les Romains on voit aussi des Grecs
(où n'en trouve-t-on pas) ; le nôtre a pour nom
Alexandre , et pour industrie une fabrique de
dentelle sans rivale à Vichy.

Le comte de Chauvency! eh! bonjour, cher!
Quomodo vales? — *Optime quid novi?*

En une ville encor toute romaine
C'est bien ainsi, je crois, que l'on doit s'aborder !
Aujourd'hui que fais-tu ? — Peux-tu le demander?
Mais rien, très-cher !—Quoi rien?—Oui la chose est certaine

Eh quoi! tu prends les eaux et tu dis que cela,
En ce charmant pays, s'appelle ne rien faire!
Pour moi, voici ma vie, et ton esprit verra
Si c'est chose sérieuse et surtout nécessaire.

En attendant, prends ce siége, Cinna! voici
des cigares et sois juge de l'emploi de mon temps
à.Vichy :

D'abord qu'il pleuve ou vente, à mon réveil-matin,
Dès que cinq heures sonnent, vite aux Célestins!
Où je vais saturer mon gosier d'eaux gazeuses,
Faire, en passant aussi, dans l'île des Amours,
Un peu de botanique en mes heures oiseuses.
Puis, comme toute chose ici-bas a son cours,
Tu comprends que parmi l'herbe de la saulée,
 Les peupliers et les bouleaux,
 En quelque marnière isolée
 Il faille rendre un peu ses eaux.
 Mais honny soit qui mal y pense !
C'est un sujet d'assez grave importance
Plus même qu'on ne croit pour notre sexe, et si
J'étais, voyez-vous bien, en crédit à Vichy ;
(Sur mon opinion, peu m'importe qu'on glose),
Je voterais des fonds pour cette utile chose.

Mais, à propos d'eau, je dois vous avouer que
si je bois beaucoup, je n'en mange pas moins ; et

je ne suis pas le seul ; tout le monde ici, grâce
aux eaux, sent doubler son appétit.

Entendez-vous dans l'air ces joyeuses volées ?
Des heures des repas par elles rappelées,
La dixième qui sonne au sommet de la tour
De votre déjeuner a sonné le retour.
Soyez prudent, amis ! songez que l'hygiène
Est une bonne, une attentive reine,
Qui veut que ses arrêts soient toujours écoutés.
A table, croyez-moi, fuyez les crudités.
Qu'à demi, seulement, votre appétit s'apaise,
Chomel ne vous permet tout au plus que la fraise.

On reconnaît ici le véritable gentilhomme à la
manière dont il travaille... à table. Quoi de plus
beau, en effet, qu'une noble fourchette ! plus
d'un lord du faubourg Saint-Germain lui donne
droit de préséance sur son plus antique parche-
min. Il a bien raison.

Est-il chose qui mieux à nos besoins réponde !
Ta fourchette, ô Comus, est le sceptre du monde !

Midi sonne : à ce moment de la journée il fait
terriblement chaud.

Pour moi, de préférence, au parc je me repose,
Dans une heure d'ici j'irai prendre mon bain,
Parler musique et lire un journal quotidien;
Car les journaux ici sont importante chose,
Et de tous les pays chaque jour on en a :
Grec, arabe, allemand, anglais, le grand Lama
Nous mande sa gazette, et du Céleste-Empire
En arrive une aussi pour tel qui peut la lire.
   Là, se formulent tous les goûts ;
Fussent-ils absolus ainsi que le sont tous
     Ceux de la petite-maîtresse.
Puis plaignez-vous encor d'entraves à la presse !

Déjà deux heures ! n'allons pas nous oublier.
J'ai donné rendez-vous à la bouquetière et ses
fleurs me sont indispensables. Bien entendu que
ce ne sont pas des fleurs de rhétorique.

  Mais à Vichy, dans la conversation,
Il n'est pas de bon goût qu'absorbant l'attention
   La politique ait toujours la parole ;
  Aux Célestins on court se rassembler
Autour de ses billards où l'on veut signaler
    Son talent à la carambole.
Et finir par la poule. Exercice amusant!
Charme de nos loisirs ! jusques à ce moment
Il faut bien, à ma honte, ici que je le dise,
J'ignorais à quel point ton jeu nous électrise,

Maintenant chaque jour je pratique ta loi,
Et bats, quand je le puis, un moins savant que moi.

A trois heures, un verre de Rosalie rafraîchi-
rait notre gosier altéré, et plus on boit à Vichy
plus on veut boire. C'est un effet certain, im-
manquable, je dirai même heureux, de ses bienfaisantes eaux ; puis à la fontaine des Bons-Vi-
vants je fais rude partie.

Il est déjà, je crois, cinq heures et demie ;
A Vichy, l'étiquette exige des baigneurs,
Pour le dîner, toilette un peu choisie,
Appétit vigoureux ; le mien est des meilleurs.
Ainsi que Champenoux, de mémoire honorable,
Je sais quand il le faut faire honneur à la table ;
Puis, notez bien, et je ne vous ments pas,
Qu'on y sert, c'est certain, souvent jusqu'à cent plats
D'une préparation en tout fort remarquable.
Mais depuis Sévigné, Vichy, certainement,
A bien changé ; pourtant, seule avec son chanoine
Madame de Brissac pourrait non-seulement
Y dîner, je le crois, très-confortablement,
Mais y faire tous deux de vrais repas de moine.

Quant à l'emploi de ma soirée, sans parler du
concert de Strauss, je ne suis pas embarrassé ;

j'ai vingt invitations : glaces et sorbets chez
Méret, hôtel de Lyon ; miss Anna, chez Rou-
bau, nous attend pour le thé ; lady James chez
Germot ; concert montagnard des enfants de
Bigorre; bal chez Moissant; whist chez Charmete;
soirée musicale chez Rode ; le prince Wladimir
doit y chanter avec la princesse Irma. Nous irons
les entendre, car jamais Rossini n'a été mieux in-
terprété. Le comte d'Albon donne aussi, je crois,
une soirée pour les pauvres de Vichy ; nous
irons. Vous le voyez, tous vos instants sont
comptés, et notez bien qu'à toutes ces séances-
là votre soif inextinguible ne vous quitte pas ;
et les grilles des eaux sont fermées. Je sais bien
que je puis en avoir en bouteilles chez moi ;
mais boire de l'eau en bouteille à Vichy ! C'est
bien assez à Paris.

A sept heures le parc nous appelle. Vite deux
doigts de toilette, car un essaim de beautés s'y
donnent rendez-vous. Tous les plaisirs concou-
rent à en faire un lieu de délices. Vous pouvez
en prendre à votre aise, plus d'un spectacle viendra vous égayer.

Entre Legrand, peseur (il y a des gens de

poids à Vichy) et Legrand, détacheur à l'eau
Limbique, en flacons rouges et blancs, je vois un
personnage :

Que vend cet homme à sa table installé,
Par qui le promeneur se voit interpellé
En présentant à tous une feuille volante?
Approchons, ce doit être une chose importante.
    C'est un avis du pédicure *Amen*,
A Cusset, imprimé chez madame Jourdain.
Le style en est fleuri, surtout fort laconique.
C'est là ce qui me plaît. Sans fleurs de rhétorique
Il va droit à son but, et vous dit carrément
    Qu'avec sa lime damassée,
Sa racine, aux enfers, serait-elle enfoncée,
Tout cor en un clin d'œil se résout aisément.
La vertu de sa lime, au moins je m'imagine,
    Vient de ce qu'elle est de platine;
Et la platine, on sait, en tout pour réussir,
N'a rien de comparable, il en faut convenir.
Il vous la vend un franc ; c'est pour rien, et peut-être
Demain subira-t-elle une hausse de prix.
Mais qu'est-ce que l'argent à côté du bien-être !
Avez-vous des oignons, ou des œils de perdrix,
    Prenez de sa pommade Alpienne,
    Et soyez sûr, quoi qu'il advienne,
    Amen l'a dit, que vous serez guéris,

Et quand après avoir limé, fait tout le reste,
Vous trouvez à danser impossibilité,
C'est que vous montrerez mauvaise volonté
Bien patente et bien manifeste.

Oui, oui, vous pouvez l'en croire ; s'il a la parole facile, il a la main légère, et vos pieds, dans ses mains , sont en toute sûreté. Inutile ici de parler de madame Amen, dentiste remarquable.

Cet autre au chapeau gris, figure couturée,
Pantalon bleu de ciel, cravate déchirée,
A l'habit vert bouteille et doublé de marron,
Dont je n'ai pas l'honneur de connaître le nom,
Vous prétend à tout prix délivrer de la goutte.
Un jour ou l'autre il y viendra, sans doute.
Il se pique d'honneur de guérir du farcin,
Fait fi de la fortune; et ce grand médecin,
Des trois cent mille francs par l'art offerts en primes,
N'a jamais réclamé les dépouilles opimes ;
Modeste, il lui suffit pour toute ambition,
Dût-il en ressentir une indigestion ,
De vivre de farcin, d'en avoir plein l'oreille.
Le farcin est pour lui la huitième merveille.

Mais quels sont ces cris partant du point où se porte la foule?

Sangodemi! c'est, je crois, l'Arlequin
Poursuivant le Pierrot de sa batte à la main.
Et puis, buone Deus! il signor Pulcinelle
Que le diable a saisi de sa griffe cruelle,
Pour avoir, m'a-t-on dit, chansonné le pays.
Il en coûte souvent pour montrer de l'esprit!

Voyons donc sa chanson. C'est deux francs,
bagatelle! Si les vers ne sont pas parfaits, ils
sont honnêtes; et, en vérité, les gens du pays auraient bien dû prendre la défense de l'auteur.

Ce bon particulier à la casquette grise,
Au garde-vue un peu rabattu sur les yeux,
A la culotte courte affourchant deux bas bleus,
Est un fils du Cantal; on en juge à sa mise,
Ainsi qu'à cet accent un peu méridional
Qu'en parler parisien il déguise assez mal;
Car il n'est pas facile au fruit de Carcassonne
De perdre ainsi le goût que le terroir lui donne.
Basta! par ses cerceaux, ce docteur bien appris,
En nous faisant baisser souvent outre mesure,
Pour ramasser un couteau de bas prix,
Prétend tous nous guérir de quelque courbature.

Si vous avez du ventre, il le dégonflera; vos
reins sont-ils souffrants, il vous les calmera, et

vous y gagnerez par dessus le marché des couteaux sans pareils.

Vous parlerai-je encor du tir de pistolet
Et du sourd ronflement de la toupie anglaise?
Il faut à ce jeu-là posséder un poignet
Vraiment de fer, des reins qui se ployent à l'aise
Comme un fleuret d'acier; mais je suis à Vichy,
Je préfère une douche, et vous peut-être aussi.

Au bout de cette allée d'arbres plantés dans les gravois qui bordent la rivière, et qui, depuis dix ans, n'ayant pas crû d'un pied, n'ont pu donner d'ombre, abordons ces pêcheurs; ils ont raison de préférer la lune au soleil.

La lune, pour la pêche, est un point nécessaire
Et qui n'exige pas de force musculaire,
Mais demande, en revanche, au moins beaucoup d'esprit
    De patience, aurais-je dû vous dire,
Bien qu'en soi le poisson tout bas en puisse rire,
Elle est pour le pêcheur une amorce sans prix.
S'il en met à sa ligne une assez forte dose,
Il finit par y prendre et la truite et l'alose;
Mais, direz-vous, peut-être, à la tâche on maigrit.
Eh! mon Dieu! la maigreur que fait-elle à la chose?
D'ailleurs, en notre France, aujourd'hui c'est de goût.
    Patient et fluet et l'on arrive à tout.

D'où partent ces hurlements qui remplissent
l'atmosphère, sans distraire toutefois les dan-
seurs de bourrées,

Ils partent, je le crois, de la ménagerie :
Et faut-il vous parler du lion expirant
    Dont le gosier, triste plaisanterie,
      Vient d'avaler sur le moment
      Un os horizontalement;
De l'inerte serpent qui censément sommeille,
      Et de cette grande merveille :
      Ce beau pélican jadis blanc, .
      Dont le plumage, on vous l'assure,
      Contrairement aux lois de la nature,
      S'est fait tout noir en vieillissant.

Mais un bruit discordant vient attirer de nouveau notre attention. Quel est ce personnage au
corps tout harnaché de colliers en sautoirs formés
de dents humaines?

Il n'en faut pas douter, c'est l'arracheur de dent,
Et je le reconnais à sa caisse trouée,
A sa double timballe en dix endroits fêlée,
Orchestre distingué de son long boniment.
Au coup de son boum, boum, une dent d'arrachée
Sans douleur et sans cri! l'alvéole est brisée,

Il est vrai ; mais qu'importe à ce rare talent
Sa réputation n'en souffre aucunement.
Outre l'art qu'il exploite ici, je m'imagine
Que le gaillard fait de la médecine.
Ah ! ce serait trop fort, et vite, sauvons-nous !
Paysans, mes amis, croyez-moi, garde à vous !

Décidément, Vichy est une colonie romaine; sans parler de ses eaux qui font oublier l'*Acqua fresca* de Trévise, tous les établissements s'y rencontrent. Avez-vous des valeurs à faire escompter, M. Butin, banquier à Cusset, vous viendra en aide. Recherchez-vous des havanes, des puros, vous en trouverez d'irréprochables chez Mme veuve César. Vos affaires vous font-elles recourir à la poste? Jaris, à l'hôtel de Rome, y pourvoira, ou M. Jules César par le chemin de fer, car il les a tous dans sa manche. Quant au théâtre, il faut lui rendre justice : s'il ne s'est pas abaissé aux jeux sanglants du Cirque, il s'est du moins élevé... au - dessus des boucheries.

Asinus, *asinum*... j'aime mieux, pour mon compte,
  Le bon Cadet de l'établissement ;
Qui faute d'amourette (il en eut toujours honte)

D'eau gazeuse, à longs traits, s'abreuve largement.
En été, comme un autre, il court de préférence
  S'étendre à l'ombre et rechercher le frais.
    Il faut le voir rire d'avance,
    Ouvrir ses deux nazeaux épais
    Quand aux Célestins, tout exprès,
On lui dit de porter ses caisses de bouteilles ;
De plaisir aussitôt se dressent ses oreilles,
Car il est convaincu qu'on ne l'oublira pas.
En effet, le seau d'eau qu'aussitôt on lui donne
Le met en belle humeur. Mais, en de pareils cas,
La cause a son effet qui rarement pardonne.
Quand il en a trop bu, son ventre se ballonne.
Et pourquoi de Cadet ne tracerais-je pas
Le portrait authentique et la biographie ?
Puisqu'aujourd'hui sur tous on en publie,
Je vous apprendrai donc qu'il est un peu trapu,
Qu'on peut lui reprocher d'être par trop ventru :
Ce qui n'ôte pourtant rien à sa gentillesse ;
Car il a l'œil brillant, noir et plein de finesse.
S'il a la jambe courte, en compensation,
Il a l'oreille longue, avec discrétion.
Pour dernier trait, enfin, et des bois et des plaines
Sur le bout de... sa langue il connaît ses fontaines ;
Et Cadet, à Vichy, bien digne d'un regard,
Est véritablement un personnage à part.

Laissons-le rentrer en paix ses caisses de bou-

teilles. Nous sommes à Vichy, parlons de l'habitant, de ses attentions pour l'étranger, de son
désintéressement, marchant dans la voie du pro-
grès, voire même en celle du magnétisme. Et
le somnambulisme, je vous prie de le croire,
y fait bien ses affaires ; on peut même le regarder comme un fruit de la localité. D'ailleurs,
quand on en voit partout, pourquoi donc Vichy
n'aurait-il pas aussi sa sorcière ?

Or donc, la sorcière en question,
   Du don de vision douée,
  En ma présence, un jour, fut consultée.
Il ne s'agissait pas de projets d'union,
Ni de trésors cachés, ni de femmes trompées,
Ni d'époux outragés, ni de... Mais à quoi bon
Viendrait-on à Vichy, pour trouver une chose
Qu'en France, en plus d'un lieu, chacun voit si souvent;
Sur ces localités c'est bien assez qu'on glose.
A Vichy, simplement, il s'agissait d'argent,
Et d'argent égaré, perdu, volé peut-être.
Notre devineresse au regard inspiré
Indique la cachette, et l'argent retrouvé
   Put revenir aux mains du maître.
Sur cet événement que vous dirai-je encor ?
L'enfant de la maison avait caché cet or
   Dans la plinthe de la fenêtre.

Lady Bridgend, miss Fould et mistress Young, témoins
Du violent désespoir de son propriétaire,
S'étaient déjà, dit-on, cotisées aux besoins.
Pour elles cinq cents francs n'étaient pas une affaire,
Mais pour notre homme ayant ses termes à payer,
C'était bien différent, et l'action de ces dames
    Prouvant la bonté de leurs âmes,
Demandait bien, je crois, qu'on dût les en louer.

Comme vous le voyez, Vichy a conservé ses devins. A Rome, deux augures n'auraient pu se rencontrer sans rire : ici l'on ne rit pas, et l'affaire se devine.

Si l'habitant du pays, comme autrefois, ne crie plus devant ses seigneurs : Noël ! Noël ! il n'en aime pas moins les titres, les honneurs ; et, bien que l'égalité lui plaise, il lui faut à tout prix des princes, des ducs, des marquis, des comtes, des barons Aussi, pour leur prouver son dévouement, il n'est pas de douceurs qu'il ne s'ingénie à fabriquer pour ces hauts personnages. Jugez-en vous-même :

Sucre d'orge alcalin, pistaches pralinées à l'eau minérale, pastilles de Vichy, pastilles digestives, pralines de Vichy, etc., sucre d'orge de Vichy.

Ne riez pas, ceci est très-sérieux, demandez-le plutôt au *Fidèle Berger* : il vous dira ce qu'il en coûte de faire, en concurrence, du sucre d'orge à l'eau minérale de Vichy. Voici maintenant les bonbons de Cusset, iodés-anesthésiques, fluidifiants (textuel). L'auteur affirme qu'ils ne produisent aucune action irritante.

Voici venir enfin M. de Nolac avec son incomparable sucre d'orge de Vichy, lequel, dit-il, ne contient pas de safran. Buveurs, qu'en dites-vous?

Quant à cette chose importante,
Les sucres alcalins préparés au pays ;
Sans crainte que l'on me démente,
Vous ne pourrez jamais à Cusset, à Vichy,
En trouver de meilleurs que chez Arfeuil-Cavy.
Là, seulement, et non chez les apothicaires,
Fabricants patentés de drogues délétères,
On peut au mont Carmel trouver ces alcalins
En forme de bonbons, sans qu'en manière aucune
Ils aient à redouter les contacts assassins
De ces médicaments, qui font notre infortune
Sous les noms de séné, casse, assa-fœtida,
Valériane, aloës, rhubarbe, et cœtera.

LARDOISIÈRE.

Quel cheval m'amenez-vous là ? Il ne pourra
jamais me conduire à Lardoisière, d'autant plus
que nous voulons, en passant, visiter Malavaux
et les Grivats. Votre cheval est blêmeux ; il forge
en diable ; il a même les jambes engorgées ;
ramenez ce cheval, il est trop fatigué. La route
est trop longue pour la faire à âne, trop rude
pour la faire en calèche; c'est entendu, nous
irons à pied visiter la montagne.

Près du Jolan, encaissé entre des rochers, au
pied de ces montagnes arides, c'est Malavaux ,
vieux mot gaulois qui veut dire, je crois, val de
malheurs. Lieu bien nommé; ce ne sont, en effet,
que rochers, ronces, précipices. A de rares in-
tervalles, on y rencontre quelques bergers faisant résonner les échos de leur plaintive mu-
sette.

Sur ce mont chenu, voyez-vous, là haut,
Les antiques murs de ce vieux château?

Là les Templiers, trop puissants peut-être,
Dit le chroniqueur, commandaient en rois,
Et Jacques Molay, leur dernier grand-maître,
Le vint visiter mainte et mainte fois.
Cette cheminée et ces tours voisines
Allant dans les cieux cacher leur hauteur,
Et dont les créneaux tous tombés en ruines,
Fixent l'attention du pieux voyageur,
Marquent un manoir qu'un bon vieil ermite
Dans l'austérité longtemps habita,
Et d'où son destin (en vain on l'évite)
A jamais, dit-on, un jour l'arracha.
Sur l'événement combien de sornettes
Par les bonnes gens alors furent faites,
Mais, quoi qu'il en soit, du fait constaté
Voici, cher lecteur, ce qu'on m'a conté :
L'hiver revenant glacer la nature,
Avait sur le mont accru sa froidure,
Au point que, bloqué dans sa position,
Le vieillard, à bout de provision,
Depuis quelques jours la voyant finie,
Était en danger de perdre la vie,
Et s'il ne cherchait à s'en procurer,
Las ! il lui fallait de faim expirer.
Notre ermite donc que le sort accable,
Par l'âge abattu moins que par la faim,
Dans un trou profond, nommé trou du Diable,
Sur de noirs rochers, tombe en son chemin.

Dans sa chute, hélas! soudaine et terrible,
Il fut mutilé de façon horrible;
Et la froide neige en son linceul blanc
Vint l'ensevelir encor tout vivant.
Les loups affamés, les corbeaux voraces,
N'avaient sur les lieux laissé de ses traces
Que d'affreux fragments d'ossements blanchis.
Demandez plutôt aux gens du pays;
Ils vous diront tous que d'âmes en peines,
Avec traînement de pesantes chaînes,
On entend souvent dans le sein des nuits,
De sourdes rumeurs, de lugubres bruits;
Qu'on y voit aussi du haut des potences
Mille corps formant d'aériennes danses,
D'entrechats charmants, des battus-jetés
Que Zéphir, je crois, n'eût pas reniés.
Pauvres bonnes gens, dans leur ignorance,
Montrant même peur, égale croyance
Pour les revenants que pour le démon.
Ils savent pourtant que l'endroit, dit-on,
Était autrefois la place abhorrée
Aux suppliciés alors consacrée.

C'est dans cette belle fabrique campée sur le
Sichon, avec ses hautes cheminées et ses douze
fenêtres de front, que se tissent les grivats, étoffe
du pays, protégée par Bourbon. Les ouvriers, en

7.

tout temps, y trouvèrent travail et abondance.

· Que ces rochers sont beaux ! que ce désert me plaît ! que les eaux du Sichon roulent de poésie ! Il ne leur manque que quelques cygnes blancs naviguant avec leurs petits sur ces ondes, pour y répandre la vie et l'enchantement.

Ici, c'est le rocher du Saut de la Chèvre, qui a bien aussi son histoire, car on dit que, poursuivi par un loup, le pauvre animal sautant d'un rocher échappa ainsi au loup qui se tua dans sa chute. Mais il s'agit bien vraiment de chèvre et de loup ! Le malheur le voici :

Jadis, un seigneur de haute lignée
Avait jeune fille au corps fait au tour,
A l'âme ingénue ouverte à l'amour.
D'une passion qu'il n'a témoignée
Jamais jusqu'alors que par un soupir,
Le varlet du comte un jour ose offrir
Sa plus belle rose à sa noble amie ;
La fleur fut , hélas ! par elle accueillie.
Au jeune âge, on sait que la réflexion,
Loin de la primer, vient après l'action.
C'était dans ces lieux agrestes, sauvages
Qu'ils étaient venus, plus amants que sages,
Cacher leur bonheur loin des envieux.

De l'illusion, le prestige heureux,
Sait embellir tout, jusqu'aux déserts mêmes,
Changeant en plaisirs lesdouleurs extrêmes,
Ces chagrins de cœur causés par l'amour.
Déjà le printemps était de retour,
Des petits oiseaux le gai babillage
Faisait résonner l'écho du bocage,
Dans les champs, déjà, près du blanc muguet,
Le bluet d'azur, le pavot coquet
Revêtaient, pour eux, leur fraîche parure,
Mais tout vient à temps, las! dans la nature,
C'est à quoi tous deux n'avaient pu songer;
En ce jour fatal, sur ce noir rocher,
On dit que la foudre a frappé l'amante,
Et que du varlet la douleur poignante,
Triste, désolé, bientôt à son tour,
L'unit à l'objet de son tendre amour.
Dans la même tombe et sous la bruyère,
Comme en leur vivant, l'ombre et le mystère
Les couvrent encor; et l'écho des bois
Craint de répéter l'accent de leur voix.

Entendez-vous au loin cette eau qui gronde?
c'est le Sichon, d'ordinaire si tranquille, qui se
fraye un passage à travers les rocs entravant
son cours. Que ses rives sont fleuries! voici la
belladone, la digitale pourprée, la belsamine

silvestre, l'anémone des bois, simple comme la bergère, la clématite enlacée aux corolles empourprées de l'églantine sauvage.

Regardez sur la gauche, au pied du mont Peroux, c'est Lardoisière si vantée, son lait, ses truites et ses fruits sans pareils. L'hôtellerie Bonnet, dans ces lieux isolés, est une charmante oasis en plein été. Le Goursaillant, superbe cascade, est à deux pas d'ici ; prêtez l'oreille, entendez-la gronder. Le Sichon pacifique se fait révolutionnaire. C'est le Géroldau français, si vanté par les touristes de Bade ; mais si ses rives sont belles, elles sont dangereuses ; si le sorbier vous charme, la fougère est glissante ; attention et prudence, y tomber serait perdre la vie, et périr à trente ans, c'est deux fois mourir.

Mais nous voici de retour ; avant d'entrer à Vichy nous visiterons le musée gallo-romain de l'antiquaire Chauvet, natif du Midi et depuis longues années habitant le pays. Que pensez-vous de ces statuettes, de ces mille bijoux-phallus que les dames romaines portaient sur elles un peu partout. De ces vases, de ces percolateurs antiques, décorés de satyres audacieux, de nym-

phes débraillées se livrant à des danses sans
nom. Je m'arrête, il ne faut pas effaroucher non
plus les buveurs des Célestins, et, pour leur faire
avaler bien des choses, je n'ai pas la plume de
Sévigné. J'en conclus que si les gens d'autrefois
n'avaient pas inventé la crinoline, ils avaient la
manche large, et que s'il y avait des vestales, il
y avait aussi des courtisanes aimables, des matrones faciles.

HOTEL SÉVIGNÉ.

Cette vieille maison dans le style Louis Treize,
A ses deux pavillons adossés à la tour,
Fut, dit le chroniqueur, l'habituel séjour
Choisi par Sévigné pour être mieux à l'aise,
Alors qu'elle venait à Vichy se guérir
(Car c'est là que l'on vient pour cesser de souffrir),
En y buvant ses eaux, d'une soi-disant goutte
Qu'elle s'exagérait, et, je le crois plutôt,
Pour se débarrasser de maint petit bobo
Dont l'âge trop souvent nous accable, sans doute.
C'est donc vu son séjour périodique, annuel,
Qu'on dota la maison de son nom immortel.

Traversons ce jardin ombragé de lauriers,
l'esprit de Sévigné nous ouvrira les portes, je
ne puis en douter.

Car la civilité ne saurait sans raison,
Me refuser, je crois, d'explorer sa maison.
Ex professo, d'ailleurs, désirant la décrire,
Je dois vérifier ce que j'aurais à dire.
Une fois installé, par le cœur et l'esprit,
Qu'ai-je besoin ici, buveurs, que je le dise,
Je pus rétrograder au temps où la marquise
Data, comme l'on sait, plus d'un piquant écrit.
Dans ce salon d'honneur, en sa fraîcheur première,
Elle aimait à trôner, à tenir cour plénière ;
De ses courses, c'est là que, pour se délasser,
Le soir à la fenêtre, elle voyait danser
          Ces excentriques dégogades,
     Qui, depuis lors, en bourrées et bourrades,
          Par des changements successifs,
Se sont changées, et dont Fatitot et sa place
          Se trouvent, et grand bien leur fasse,
          Les seuls héritiers présomptifs.
Dans la pièce à côté la table était servie ;
On y voyait toujours fort bonne compagnie,
Saint-Hérem, Lafayette avec l'abbé Tillard,
Le commandeur d'Ormont qui se mettait du fard ;
Madame de Brissac et monsieur le Notaire,

Homme. de sens et de raison,
Prenant journellement son acte hypothécaire
Et sa caution subsidiaire
· Sur les dîners de la maison.
Deux laquais tout poudrés, attachés au service,
Avec empressement remplissaient leur office,
Et, grave, solennel, un écuyer tranchant
S'acquittait près de tous de son titre important.
La table, qu'à bon droit j'appellerai royale,
Offrait à l'œil surpris une splendeur sans égale,
Qui tenait du prodige et de l'enchantement.
Un paon rôti, paré de son brillant plumage,
Du seigneur de Billy riche et galant hommage,
Orgueilleux, de la table occupait le haut bout.
Ce plat était flanqué de deux grosses pintades
De Grignan arrivées, et l'on servit, surtout,
Truffes du Périgord apprêtées en salades,
D'un fumet à séduire et d'un merveilleux goût.
Des mets glacés, sucrés, parés, de toute sorte,
Puis les divers poissons que la rivière apporte :
L'anguille de Cusset, le saumon safrané,
Et l'alose égarée et la noire lamproie,
La poularde du Mans, les gras pâtés de foie,
Et le chapon bressan par le coche amené.
Mais j'allais oublier le nougat de Provence,
Seigneuriale redevance;
Puis les fruits du Midi : melon de Cavaillon,
Rose Pastèque et muscat d'Avignon,

Figue violette en la bouche fondante.

Pour clore dignement cette liste importante,
  Disons aussi les marrons de Lyon
Qui furent arrosés de vins de l'Ermitage.
Le muscat de Lunel du sexe eut le partage,
Et le Côte-Rôtie échut au cavalier.
Je n'en finirais pas s'il fallait publier
Tous les plats qu'on servit à ces pauvres malades !
Mangeant sec, buvant frais, à nombreuses rasades.
Heureusement pour eux que le docteur Fagon,
Le médecin du roi, se trouvait à Mâcon.
Chacun des conviés prit part à la partie
Fort confortablement. Quant à l'argenterie,
C'était, à dire vrai, d'un luxe sans pareil :
Assiettes, plats d'argent et couverts de vermeil,
Portant sur chacun d'eux l'arme de la famille.
Et linge damassé, don de la chère fille.
Le dessert fut servi sur un surtout d'argent,
De son *grand* roi Louis, admirable présent ;
Garni du sucrier, de sept coupes dorées,
Par l'art du ciseleur richement décorées,
Et d'un si vif éclat, que les gens du pays,
Rien qu'à les regarder en étaient éblouis.
Les tasses pour le thé, chaudement préparées,
En fine porcelaine arrivant du Japon,
A la hâte on servit la fumante boisson ;
  Car, de chez elle, on sait que la marquise

Avait, plus par caprice encor que par méprise,
    Banni la fève de Moka,
Prétendant que le goût du café passera.
Aussi s'en passa-t-on. Nonobstant sa présence,
On but comme toujours au bonheur de la France,
Aux gloires du pays, à sa chère Grignan,
Cette fille adorée, au soleil de Provence,
Qui donne de l'esprit, du cœur et du talent.
A ses Rochers si chers, à ses eaux bienfaisantes,
Dont elle se trouvait à Vichy déjà mieux.
Quant à la Montespan (deux étoiles errantes
Se voyent rarement au même point des cieux),
Elle était à Bourbon. Le lendemain, au reste,
Il ressortit ce qui devait en ressortir.
C'est que chaque convive eut maille à répartir
Avec tout ce poisson plus ou moins indigeste;
Sans parler des marrons trop lourds à digérer,
Dont le notaire fut sur le point d'expirer.
Grâce au docteur Vianet, à son apothicaire
Vestrat, monsieur d'Ylly put se tirer d'affaire;
Mais pour arriver là que de graines de lin
Lui fut administrée en un jour, et combien
D'émollients, lénitifs, pris de toute manière !
Demandez-le plutôt au gros père Vestrat,
Qui, d'un bouillon trop chaud (le malade est ingrat),
Pour prix de son bienfait, reçut, brûlante injure !
La restitution juste en pleine figure.
Et le bon chroniqueur, en narrant l'aventure,

8

Dit que par la vapeur son binocle obscurci
Lui donnant à penser qu'il avait réussi,
L'avait fait demeurer au fort de la bataille,
Exposé, l'arme en main, au feu de la mitraille.
Mais il fut payé double et ne s'en fâcha pas.
Ce qui prouve après tout, souvent qu'en plus d'un cas
La réflexion est bonne à quelque chose.
Mais, quant à la marquise, elle se garda bien
D'en rien mander à sa fille, et pour cause.
Cependant, à deux jours de ce royal festin,
 Prise de douleur néphrétique,
Madame d'Aure, après quelques heures de bains,
Rendit deux gros calculs, que l'ami Desmoulins,
Dans le temps m'a montrés en son musée antique.
Avis aux preneurs d'eaux, c'est Vestrat qui le dit,
 Il ne faut pas jouer avec son appétit;
Toujours la suite en est cruelle pour le ventre;
Or donc, en en buvant, évitez bien qu'il entre
 En l'estomac le moindre petit fruit.

Maintenant, s'il vous plaît, continuons l'inventaire.
La pièce de travail, près du salon d'honneur,
D'où l'on voit de l'Allier l'onde rapide et claire,
Où j'aperçois tout ouvert, par bonheur,
Comme il l'est à Grignan, son discret secrétaire,
Plein de lettres portant la date de Vichy,
Parlant un peu de tout, sans jamais se redire,
Intimités du cœur, indiscrétions d'esprit,

Qu'avec enchantement, on lit, on veut relire.
   Et ces lettres ici, s'il faut vous l'avouer
     Sans crainte, qu'on me contredise,
Je crois qu'on ne saurait jamais mieux les louer
Qu'en les assimilant au panier de cerise
Dont on mange d'abord une, deux, et puis trois,
Et, le plaisir croissant, qu'on dévore à la fois.

Puisque les ombres ont envahi Vichy, que pourrions-nous faire de mieux, pour finir la journée, que d'aller au concert.

CONCERT STRAUSS.

Grâces aux soins de Strauss, à son poste installé,
Le *la* régulateur a déjà circulé.
Quel ensemble parfait! quels accords admirables!
Que de talent, de goût, de tact, de nouveauté
Dans ses compositions aux modes favorables,
A ce genre de pas, en nos jours adopté,
Chaque femme en rafolle, et qui le peut, explique
Pourquoi quand l'une en sent la secousse électrique,
L'autre, par un contraste assez original,
Quand on la trouve bien, souvent se trouve mal!

Mais jetons, en passant, un coup d'œil sur la salle.
L'amateur dont ici la gravité s'étale,
Et qui semble plongé dans ses réflexions,
Majeur enfant gâté de toutes les nations,
Rêvant Piémont, Toscane et Lombard-Vénétie,
Voire même, je crois, Serbie et Roumélie,
Portant bien haut l'éclat de son rôle imposant,
Est un lord d'Albion revenant de Vienne.
Et ce jeune attaché de Berlin, arrivant
De l'emploi de son chef, autant qu'il m'en souvienne,
A porté tout le poids, il en paraît souffrant,
Et ne sait trop auquel donner la préférence,
Des nombreux médecins dont il est entouré.
Bon moyen de ses maux pour être délivré.
Ce grave commodore à fière contenance,
Est un Américain de retour du Japon,
Et l'orgueil de sa race est gravé sur son front.
Ce général anglais, et tout souffrant encore
Des combats qu'il soutint sous les murs de Cawnpore,
Est venu de nos eaux pour éprouver l'effet.
Cet autre, colonel de l'ottomane armée,
Était à Kars; ici le maréchal Bosquet,
Féchissant sous sa gloire et sous sa renommée,
Il paraît écouter le silvain Denecour,
De son Fontainebleau lui peignant tour à tour
Les suaves sentiers, la beauté fantastique.
Près de lui, c'est Yousuf au bournous éclatant,
Tissu des belles mains des filles d'Ourtilan;

Mais je suis fou vraiment de parler politique
Aux lieux où les plaisirs par Strauss ont pris l'éveil.
Ici je vois miss Pyne, auteur charmant des Ombres,
Et lady Tuft, celui des Rayons du soleil ;
Miss Bitman, qui, des noms de romanciers sans nombres
Par sa Terre des fées a distingué le sien.
    Près de ces muses étrangères,
Desblanc, autre Corinne, et dont le luth divin
Rappelle ses aïeux. Ces artistes sont frères,
Dont en foule les noms se pressent sous ma main :
Audran, Roger, Ponchard, que l'art divin enflamme ;
Puis Viault, dont l'archet, en vibrant, parle à l'âme.
Lefébure-Vely, Damoreau, Bernardin,
Et Strauss qui, plein de feu, sur ce brillant terrain,
D'un geste magistral les guide et les dirige.
Quel heureux choix d'auteurs! Mozard, Haydn, Auber,
Boïeldieu, Rossini, Beethoven, Meyerbeer,
Bellini, Strauss, Elbel, dont le charmant prestige
Fait naître dans nos cœurs, par mille accords heureux,
Des célestes concerts, l'attrait délicieux.
On a vu rarement d'assemblage d'élite,
Tel qu'on en trouve ici : ministres, armateurs,
Généraux, fabricants et poëtes rêveurs,
Ici c'est Duranton qui de l'Europe entière
Mérite à juste titre estime et souvenir,
Et dont l'âme sans cesse, à la classe ouvrière,
S'occupe à préparer un heureux avenir.
Noyés dans un essaim de femmes adorables,

8.

Pour éprouver des eaux les vertus favorables,
Des quatre coins du monde accourus à Vichy.
Quel heureux changement opéré, Dieu merci!
En comparant avec les nôtres
Les mœurs du bon vieux temps passé.
Que penserait Grignan, que dirait Sévigné?
(Je laisse de côté l'opinion des autres.)
Leur esprit répondrait, si ce n'était leur cœur,
Que l'esprit, le talent ont aussi leur noblesse.
Voilà pourquoi, Vichy! dans ton cercle enchanteur,
La fraternité seule a fixé le bonheur,
Qui ne peut exister où l'égalité cesse.

SAINT-AMAND.—HAUTERIVE.

Nous ne pouvons retourner à Paris sans avoir visité Hauterive. Nos bains sont pris. Nous avons déjeuné. C'est convenu, nous gravirons Saint-Amand, puis nous irons nous enivrer à la source d'Hauterive.

Quel aspect enchanteur! Abrest et ses tourelles,
Illustre et vieux manoir des seigneurs de Vichy,
Dominant la vallée et les rives si belles
De cet Allier fougueux, dont le cours affranchi

De ponts trop rapprochés, déploie avec mollesse
En long ruban d'argent son onde enchanteresse.
A gauche on aperçoit dans le fond du tableau
Servant de dernier plan, la fertile Limagne
Au mont Dore appuyée, en un vaste rideau,
Le Puy dressant dans l'air le pic de sa montagne ;
Le Montcel azuré qui se perd dans le ciel,
Le Forez scintillant aux rayons du soleil,
Vichy, ses murs brillants, son atmosphère pure
Noyée dans un torrent de pampres, de verdure.
Devant vous Hauterive, au toit hospitalier,
Vous offrant de ses eaux le trésor salutaire;
Mais qui s'en vont, hélas ! chaque jour dans l'Allier
Répandre sans effets leur richesse éphémère.

Ces troupeaux, traversant les flots de l'Allier,
vont s'abreuver à ses eaux bienfaisantes; eux
aussi en connaissent le prix. Que la nature est
grande ! Ah ! que le cœur est malade s'il ne peut
apprécier ces eaux coulant à vos pieds sur la
prairie émaillée de fleurs. Voyez ces polypiers,
ces fucus si variés, ces algues marines y sont formés à deux cents lieues de la mer.

Où donc es-tu, cher Balleydier de Hell,
Toi qui sondes les mers et leurs grottes profondes,

Gravis l'Alpe géant, au glacier éternel,
Et vas fouiller au sein des mines des deux mondes.
Ton imagination, ton génie et ton cœur
Te feraient rencontrer ici d'autres merveilles.
Être utile au pays et consacrer tes veilles
A sa prospérité, c'est ton but, je le sais,
Et n'ai point oublié, de tes algues marines,
L'exposition première et leur brillant succès.
En voyant ces dessins, fruits des plages voisines,
L'Empereur, si bon juge, avait soudain compris
Combien à la fabrique ils offriraient de prix?
Par ces mille motifs de grâce enchanteresse,
Qui, sans se répéter, se variant sans cesse.
De la nature ainsi sont une imitation;
Il t'en marqua, je crois, sa satisfaction;
Et ces sujets traduits et tissés sur la laine,
Sur le riche damas, la soie et le coton,
La fine mousseline et la modeste indienne
Ont bien prouvé depuis sa haute prévision.
Courage donc, ami, car en ton existence,
Deux fois tu pus goûter l'inappréciable honneur
De te voir approuver d'un si grand Empereur,
Pouvais-tu désirer plus belle récompense!
Quelle autre, dis-le moi, pourrait toucher ton cœur!

Saluons, en passant, cette antique chapelle
    Dont le portique vénitien

Par sa forme en ogive, à mes regards rappelle
Le sépulcre sacré, juste orgueil du chrétien.

Entrons-y, et votre cœur, saisi d'une soudaine
émotion, s'élèvera vers la Divinité.

Que ne m'est-il donné, loin des cités superbes,
En ce calme profond, de terminer mes jours !
D'y mourir doucement, et, sous les hautes herbes,
A l'ombre de la croix, d'y dormir pour toujours !

Mais auparavant qu'il me soit permis d'exprimer un désir ! et puisque Vichy et Cusset ont fait tomber la seule promenade qui pût offrir de l'ombre et de l'agrément aux nombreux baigneurs, que l'œil de l'Empereur s'abaisse sur Vichy, ce diamant mal enchâssé, comme le disait si bien le brave général Fleury. Son regard tout-puissant aurait bien vite arrêté ses destinées.

L'allée de Mesdames de France abattue, que des prairies des Célestins à la vallée du Sichon, de Vichy à Cusset, s'élève un parc, un élysée Napoléon.

Le tracé est tout fait, les eaux, les arbres y

abondent , et le malade souffrant serait heureux
d'y trouver des allées carrossables pour y respirer
le parfum des prairies ; car aujourd'hui il n'y a
pour lui que courses fatigantes et lointaines, du
soleil et de la poussière.

Les dix mille buveurs qui viennent du monde
entier payer, chaque année leur tribut à ces eaux
salutaires, méritent bien quelques égards.

Alors Vichy, le talent de Le Faure fera de toi
une huitième merveille. On peut en juger par ses
grottes, ses roches et ses promenades des Célestins.

Ah ! s'il t'était donné, Vichy ! d'abriter l'Empereur, ta fortune serait bientôt faite , ses pas
portent bonheur.

Crois-moi, implore cette reine des anges dont
sa bonté t'a doté, il t'a prouvé qu'il s'occupait de
toi.

Oui, je l'espère pour tes futures. et hautes
destinées, un regard tout chrétien ennoblira
ton nom. Elève pour le mériter une villa digne
de son grand cœur. Le lieu est tout trouvé, celui
où le bon duc Louis voulait finir sa vie.

Et vous, Sire, si jamais Votre Majesté daignait

visiter ces montagnes, elle y retrouverait de nobles souvenirs ; elle y verrait le berceau de ces
ducs fameux par leurs vertus „ par leur commun
amour pour la patrie. Elle y reverrait le parc
enchanteur, créé au sein des enivrements de la
conquête, par l'Empereur, ce martyr de la gloire.
Elle y apercevrait les traces bénites de l'orpheline
du Temple, les pas du brave Béarnais, et, soldat
comme lui, vous sauriez vous comprendre.

Henri voulait comme toi le bonheur et la gloire
de son peuple ; plus fortuné que lui, tu les lui as
assurés.

Tu ne nous promis rien ; et pourtant, sans promesse,
    Honneur, gloire, richesse,
    Tous ces biens si vantés
Que le peuple français, plus qu'un autre, apprécie ;
Magnanime Empereur ! tu nous en a dotés,
Et ta puissante main a sauvé la patrie
    En assurant nos libertés.

Ah ! que Dieu le protége ! qu'il vive de longs
jours pour le bonheur de tous, pour son propre
bonheur !

La cloche du soir résonnait dans les airs. Le

laboureur fatigué regagnait sa chaumière aux pas tardifs de ses bœufs. Une épouse chérie, des enfants pleins de joie attendaient son retour ; le chien, plus impatient, courait à sa rencontre.

Des bateaux chargés de fruits et de bons vins d'Auvergne allaient approvisionner la moderne Babylone. L'un était vide ; le patron nous invita à y entrer ; nous descendîmes donc l'Allier. Les tours de Bourbon-Busset disparurent au loin. Glissant au milieu de vallons enchanteurs, nous regagnâmes bientôt Vichy.

Je revis son parc plein d'ombres mystérieuses, ses fontaines bénites, qu'un jour, dans mon délire, j'essayai de chanter. Là, je retrouvai quelques amis, des femmes adorables, qu'il me faudra, demain peut-être, quitter pour toujours. Je pensais à ces belles journées, image de la jeunesse où la vie est si facile ; bercé par les brises du Sichon et de l'Allier, à travers le feuillage, je revoyais Paris, ses plaisirs tumultueux, ses fêtes brûlantes, ce tourbillon où s'use la vie, et, regardant une dernière fois ces vallées et ces montagnes, je m'écriai avec douleur :

Adieu, Vichy, Randan, Mont-Dore, Hauterive,
De vos charmants vallons, de vos gracieux coteaux,
De vos bains parfumés aux salutaires eaux,
La mémoire, en mon cœur, restera toujours vive.
Que la Grèce nous vante avec tous ses héros,
Et son temple de Delphe et celui de Délos,
L'Égypte, son Nil blanc, ses hautes pyramides ;
L'Inde, ses minarets, ses modernes Armides ;
Rome son Capitole et ses arcs triomphaux,
La France ses légions, Albion ses vaisseaux ;
Fastes brillants ! Mon cœur chérit de préférence
Ces tranquilles vallons où dorment mes aïeux,
Où sont nés mes enfants, qui combattent comme eux,
Et comme eux périront pour l'honneur de la France;
Mont-Dore, tes sommets s'élevant dans les airs,
Et les grottes sans nombre aux gazons toujours verts;
Belle Dordogne, aussi, tes transparentes ondes;
Et toi, rivière-fleuve, impétueux Allier,
Qui vas, impatient, de tes rives profondes,
Promener en cent lieux de tes eaux vagabondes,
Le tribut sous le saule et sous le peuplier ;
   Enfin, Vichy, tes sources salutaires,
   Qui, tous les ans, te rendent tributaires,
    Les nations du monde entier.
Avant de te quitter, que la reconnaissance
A vous, Callou-Vallée, heureux transformateurs
De ruines attristant les yeux par leur présence,
Devenues aujourd'hui des thermes enchanteurs,

9

Se fasse entendre ici. Seuls, c'est à vous encore,
A votre intelligence, à vos généreux soins,
Que Vichy redevra ces profonds souterrains
Où son eau minérale en cristaux s'élabore,
Au profit des douleurs des malheureux humains ;
Vous qui, comptant pour rien vos peines, vos lumières,
De trois millions semés dans ces vastes carrières,
Seuls avez fait surgir d'admirables jardins.
Sous ces sapins en fleurs, verts enfants des montagnes,
Le poëte amoureux accourra s'inspirer.
Et l'étranger, au lieu de désertes campagnes,
De leur parfum bientôt reviendra s'enivrer.
Vous avez tout pour vous : santé, force, jeunesse;
Brillante intelligence, activité, richesse,
Certains de mériter un constant souvenir,
Votre présent déjà répond de l'avenir.
Courage ! en vos travaux persistez avec zèle,
Votre œuvre est méritante, elle est noble, elle est belle
Et la divinité de ces heureux vallons,
Dans sa reconnaissance y gravera vos noms.

TABLE DES MATIÈRES.

Paris. — Imprimerie de L. Tinterlin et Cᵉ.

Paris.—Imp. de TINTERLIN, rue Nᵉ-des-Bons-Enfants, 3.

www.ingramcontent.com/pod-product-compliance
Lightning Source LLC
Chambersburg PA
CBHW070744280626
47162CB00017B/2350